Jwg ar Seld

Cei ganmol hon fel canmol jwg ar seld
Ond gwna hi'n hanfod – ac fe gei di weld.

T H P-W

Jwg ar Seld

Lleucu Roberts

Diolch o galon i bawb yn Y Lolfa
am bob cyngor a chymorth gyda'r gyfrol hon.

Argraffiad cyntaf: 2016
© Hawlfraint Lleucu Roberts a'r Lolfa Cyf., 2016

Darlun y clawr: Dorry Spikes

Rhif Llyfr Rhyngwladol: 978 1 78461 333 4

Dymuna'r cyhoeddwyr gydnabod cymorth ariannol
Cyngor Llyfrau Cymru

Cyhoeddwyd ac argraffwyd yng Nghymru
ar bapur o goedwigoedd cynaladwy gan
Y Lolfa Cyf., Talybont, Ceredigion SY24 5HE
e-bost ylolfa@ylolfa.com
gwefan www.ylolfa.com
ffôn 01970 832 304
ffacs 01970 832 782

Cynnwys

Yes

"*THANK YOU…*"

Ar ben y grisiau ar fore'r rhyddid newydd, clywai Dai ei lais ei hun yn atseinio ar hyd strydoedd ei brifddinas. Oddi tano, gwelai fôr o wynebau'n siantio'i enw, yn udo eu gorfoledd i'w gyfeiriad heb arwydd o dewi. Teimlodd ysgwydd Ladi Dai yn tynnu i mewn ato a throdd i wenu arni.

Synnai ei fod yn teimlo mor nerfus: ar y smotyn roedd y bai. Cofiai sylwi arno'r bore hwnnw yn nrych yr *ensuite*, yn anharddu'i foch dde, a theimlo'r fath anghyfiawnder fod aflwydd arddegol a fu'n cysgu dros yr holl ddegawdau yn mynnu taflu cysgod dros ddiwrnod mwyaf ei oes.

Trodd ei wyneb y mymryn lleiaf rhag crynodiad mwyaf dwys y camerâu teledu ar ei law aswy, ond gwyddai ar yr un pryd nad oedd cuddio heddiw.

Doedd y smotyn ddim yno neithiwr – neu o leiaf, doedd Ladi Dai ddim wedi cwyno neithiwr wrth iddo roi dathliad bach, dwtsh yn gynnar i Dai Bach. A diawch, roedd hwnnw'n sowldiwr a hanner neithiwr fel pe bai e'n gwybod ei fod e'n cael dyrchafiad mewn mwy nag un ystyr.

Neithiwr, meddyliodd wedyn, prin fod chwech awr ers hynny. Roedd e wedi gwneud llygaid ar Ladi Dai a siâp sws â'i geg tua hanner awr wedi un ar ôl y trydydd wisgi, a hithau wedi dyrchafu ei haeliau mewn ffug ffieidd-dra at ei hyfdra'n mentro awgrymu mynd i'r gwely o flaen Freya a Jake, a oedd yn dal i sbowtio ystadegau nad oedd mo'u hangen mwyach fel dwy gyfrifiannell nad oedd modd eu diffodd.

Yn y gwely, roedd e wedi dangos i Ladi Dai – roedd dad-cu wedi dangos i mam-gu – sut brofiad oedd cael rhyw gyda brenin.

Colin bach a'i galwodd yn frenin. Yn ei deirblwydd oed, brenhinoedd a breninesau, tywysogion a thywysogesau a roddai siâp a synnwyr i wledydd a gwleidyddiaeth, i reolwyr a'r cyffredin, i'r rhai sy'n dweud sut y dylai pethau fod a'r lleill sy'n gorfod gwrando.

Fydda i ddim yn frenin ar Colin chwaith, ystyriodd Dai, yn drist braidd. Ddim heblaw bod Owen ac Arabella'n penderfynu symud eu tylwyth bach annwyl yn ôl yr ochr hon i'r *pond*. Ond doedd fawr o arwydd o hynny.

"*It's a small world these days, Dad,*" roedd Owen wedi'i ddweud y llynedd pan drodd y tri eu cefnau. "*Hopping onto a plane is like hopping on a bus.*"

Roedd hyd yn oed y syniad o hopian yn gwneud iddo wingo mewn poen gwynegon, er ei fod e'n dipyn o arbenigwr ar ffugio ystwythder o flaen camerâu. Ond y funud y doi'n ôl adre a chau'r drws, clywai wich ei drigeindod ei hun wrth blygu i wisgo'i sanau, a'i ochenaid fach wrth estyn ei fraich yn ôl i'w gwthio i dwll braich ei got fawr.

Oedd e'n rhy hen i fod yn frenin?

Dylai fod wrth ei fodd, ceryddodd ei hun, heddiw o bob diwrnod. Ond felly mae bob tro, bydd hapusrwydd yn diflannu pan edrychwch chi arno. Yn y cefndir mae e i fod, yn bresenoldeb heb ei gydnabod. Mae ei gydnabod yn arwain yn anorfod at ei golli. Cwantwm ar ei symlaf: gwybod ei fod e wedi bod yno fydd rhywun, yn hytrach na gwybod ei fod e yno nawr.

Synnai Dai fod Ladi Dai wedi bod mor barod i ildio neithiwr a hithau wedi gweld ei dyddiau gorau beth amser yn ôl erbyn hyn, druan fach. Ond roedd hi'n dal i roi'r argraff ei bod hi mor barod ag erioed i roi ei hun iddo, chwarae teg iddi, a go brin fod hynny'n hawdd i ddynes ei hoed. Teimlai fod natur yn gwneud cam mawr â'r rhyw deg: cymaint haws oedd hi i ddynion ym mhob ffordd. Nawr roedd e'n cyrraedd ei ogoniant – a hithau wedi hen ddechrau ar ei siwrne ar i lawr. Ni fedrai lai na theimlo'n ddiolchgar iddi.

Gallai ddal i weld y prydferthwch a fu ynddi o hyd – lawn cymaint â Yeats (y *pilgrim soul*, nid y *terrible beauty*, wrth gwrs) a dyna oedd bod mewn cariad, mae'n siŵr, y gallu i gau llygaid wrth eu cadw ar agor.

Teimlai ei chynnwrf yn awr wrth ei ysgwydd. Ceisiodd ddechrau ar ei anerchiad unwaith eto.

"*Thank you, I…*"

Ond doedd y dorf ddim am ddistewi. Estynnodd Dai i boced fewnol ei siwt. Anaml y byddai arno angen ei bapur, ond yn sydyn, roedd e'n teimlo'n hynod o ymwybodol o'i oed. Er iddo ymarfer yr araith hon ddwsinau o weithiau dros y chwarter canrif ddiwethaf – yn nrych yr *ensuite* neu o flaen Ladi Dai – roedd y nerfusrwydd a deimlai yn gwneud iddo amau a fyddai'n ei chofio.

Doedd e erioed wedi teimlo bod ei esgidiau'n rhy fawr iddo, ond heddiw roedd e'n mynd i sôn am bethau fel canrifoedd a hanesyddol a rhyddid, a gallai fod wedi gwneud â saith pâr arall o sanau.

Ers cyrraedd ei drigain, un o'r stereoteipiau roedd Dai wedi cerdded i mewn iddo heb oedi oedd y teimlad bach nychlyd hwnnw a gâi'n aml wrth gerdded i mewn i ystafell ei fod e wedi anghofio pam ei fod e yno. Cysurodd ei hun ei fod yn ddyn â llawer o wahanol ystafelloedd i gerdded i mewn iddynt a llond gwlad (ha!) o bethau ar ei feddwl, felly pa syndod nad oedd pob un dim ar flaen ei gof mewn nanoeiliad.

Roedd e'n tueddu hefyd i ddal ei hun yn patio pocedi ei siwt fel pe bai'n ceisio cofio beth roedd e wedi'i adael ar ôl, a diau fod hynny hefyd yn gwbl ddealladwy o ystyried ei fod e ers rhai blynyddoedd wedi ildio i fod yn wisgwr sbectol ddarllen ar ôl gorfod derbyn na fyddai ei olwg yn gwella na'i freichiau'n debygol o dyfu'n hirach; roedd ei drwyn e'n llawer mwy tebygol o redeg ers iddo ddod i olwg canol oed hefyd, felly roedd y macyn poced gwyn wedi tyfu'n rhan o arfogaeth poced fewnol ei siwt; a'r ysgrifbin a gafodd gan ei dad yn ddeunaw oed pan oedd pawb arall yn cael apple-mac – roedd rhaid cario hwnnw hefyd am resymau emosiynol, fel pe bai'n cario ei dad gydag e yn ei boced i ddangos iddo ''drycha lle 'wy heddi, Dad bach, fe fyddet ti'n browd', a phwy a ŵyr pryd y byddai gofyn iddo'i bachu hi o'i boced i lofnodi rhyw broclamasiwn neu'i gilydd; a'i ffôn wrth gwrs, a'i i-law nad oedd e eto wedi cyfuno'u gwybodaeth fel na fyddai angen iddo gario'r ddau declyn anhylaw – gallai glywed Owen yn tytian ei rwystredigaeth â'i decnoffobaidd dad o Efrog Newydd.

Doedd brenhinoedd ddim yn arfer cario'r fath geriach yn eu pocedi, oedden nhw? Roedd gan Dai Freya a Jake ond roedden nhw'n rhy llawn o ystadegau i allu cario sbectol a macynon eu cyflogwr.

Ond fe wyddai Dai yn y bôn sut roedd brenhinoedd yn bihafio. Onid oedd e wedi byw heddiw, heno, fory, yn ei ben ers chwarter canrif a mwy? Drwy holl uchderau ac iselfannau'r blynyddoedd, cyn i siom un mis Mai arwain at lwyddiant un mis Medi arall, a llwyddiannau wedyn mewn mannau eraill yn hybu, gwthio defaid y wlad hon i roi'r gorau i feddwl fel defaid a dihuno.

Doedd e ddim yn cofio saith deg naw, roedd hynny cyn ei ddyddiau ef. Ond roedd ganddo gof clir o naw deg saith a'r camau bach a mawr wedyn, un neu ddau am yn ôl, ond pump neu chwech ymlaen.

"*Today…*" mentrodd, a distawodd y dorf rywfaint, ond cododd hwth arall o fonllefau o ran o'r dorf a boddi ei ymgais i afael yn ei frawddeg.

"*Today, yes… oh! Yes!*"

a daeth y cof o'i Ladi'n ebychu *Yes!* neithiwr oddi tano, *Yes! Yes! Yes!*

Penderfynodd godi ei lais a bwrw iddi er gwaethaf siantio'r dorf: yma y bydden nhw fel arall.

"*Today, we stand as a people in our time and of our time, with the shape of our motherland, our Wales, for she is she, indelibly scratched upon the surface of the earth, definitively marked on the map of eternity.*"

Smotyn…

Mae'n troi i wenu ar ei Ladi, a synnu ei gweld yn hen ar ddiwrnod mor newydd, mor berffaith.

Ond teimlodd ei hun yn ymwroli ar ôl dechrau arni. Gwenodd ei wên hen berson ar un neu ddau o hen bobl i lawr oddi tano yn y dyrfa. Gwenodd ei wên babis ar ambell fabi ym mreichiau ei fam. Roedd e wedi gwenu ei wên hunlun ar filoedd o rai eraill dros yr ymgyrch (ni sy, neb arall – diolch Margaret). Heddiw, gwenu ar weddill y byd drwy'r camerâu roedd e.

"*Today, we own our nation, today we are the proprietors of our own lands, our own waters, our own resources and our own destiny…*"

Doedd yr un o'r geiriau i'w gweld yn ddigon i gyfleu'r cyfan. Sut roedd mynegi gwyrdroi canrifoedd o hanes? Sut gallai e ddod o hyd i eiriau i gyfleu mwy na'r hyn y gallai oes un dyn ei lenwi? Dechreuodd ei ben droi. Pwy oedd e i allu mynegi pethau a oedd yn rhy fawr i oes un dyn?

Am hyn roedd e wedi awchu ar hyd ei oes, yn ei ffordd weithgar ddigynnwrf. Dyma oedd e'n ei gredu. Democratiaeth oedd ei fantra. Hawl y bobl i'w barn. Demos yn ben. Llais y bobl yn drech nag anhrefn. Hyn. Gwâr. Yn gofyn am bethau rhesymol, yn cael pethau rhesymol. Popeth yn ei bryd.

Pethau rhesymol, wir! Rhyddid cenedl, doedd hynny erioed wedi swnio cyn lleied â rhesymol. Swniai'n debycach i chwyldro. Roedd e'n syniad mor newydd, mor hynod o anarferol, mor enfawr.

Torri'n rhydd. Chwalu rhywbeth ganrifoedd oed. Cenedl yn cerdded yn rhydd. Doedd bosib fod pobl eisiau'r fath beth! Annibyniaeth! Rhyddid! Roedd y peth y tu hwnt i ddirnad. Roedd yn eithriadol. Dyma flwyddyn yr ebychnod. Oes yr ebychnod. A fe oedd brenin yr ebychnod.

Brenin rhyddid!

Teimlai Dai rywfaint o embaras wrth feddwl am y gair, neu embaras, falle, am ei fod e'n air rhy fawr i feddwl amdano. Bron na pherthynai i gynghrair y geiriau fel Nefoedd neu Brydferthwch, pethau crefyddol, pethau athronyddol, pethau haniaethol felly, nad yw gwleidyddion yn arfer ymhél â nhw. Ac eto roedd rhyddid yn perthyn i heddiw, a byddai Dai wedi'i ddefnyddio bedwar deg naw o weithiau erbyn i'w araith ddod i ben, roedd Jake wedi cyfrif. (Roedd y pethau 'ma'n arwyddocaol: pedwar deg naw o bleidleisiau'n brin o ryddid oedd canlyniad y refferendwm diwethaf).

"*Not since the days of Glendower have we stood as a people, fully free and unique, basking today and in perpetuity…*"

Cofiodd sut yr arferai chwarae gwrthryfel Glyndŵr gydag Owen bach cyn iddo fynd i'r ysgol, yn lle cowbois ac injans, a'r Ladi wrth ei bodd yn eu clywed er na ddeallai fawr ddim.

Bonllef arall gan ei bobl, a ymestynnai'n fôr hyd y strydoedd. Buddugoliaeth y bobl gyffredin fyddai hon, nid ei fuddugoliaeth ef. Pobl gyffredin yn dewis eu tynged, pobl gyffredin yn dewis eu rhyddid.

Efallai mai ar y smotyn roedd y bai am wneud ei feddyliau'n fregus braidd gynnau. Dyna fel roedd e'n laslanc. Smotiau yn difa'i fywyd. Doedden nhw'n ddim gwaeth na rhai sawl un arall, gallai weld hynny wedyn, ond ar y pryd, safent rhyngddo a byw, a chyfiawnder a rhyddid.

Dyna nhw, y geiriau mawr yna eto, yn mynnu sgubo drwy ei feddwl.

"*At last, our people can stand shoulder to shoulder with all nations on earth equal in independence, equal in freedom as is their inequitable right…"*

Sgrechiodd y dyrfa, a gweiddi a bonllefain a churo dwylo ac udo nes gwneud iddo deimlo'n benysgafn. Roedden nhw'n siantio'i enw! Roedd hyn i gyd er ei fwyn ef, iddo ef, am yr hyn a lwyddodd i'w gyflawni. Aberthodd oes er mwyn y bobl hyn, ei bobl ef, a dyma fe'n cael ei haeddiant, y clod wedi'r ymdrech fawr. Teimlodd y dagrau'n agos. Sylweddolodd fod y bobl hyn, ei bobl ef, yn ei garu! (doedd bosib na châi ganiatâd i fod yn dipyn bach o baun, oni châi, yn ei awr fawr?)

Teimlodd Ladi Dai yn gwasgu ato yn y cynnwrf a deimlai wrth glywed geiriau ei gŵr yn cael eu rhannu â'r genedl o'r diwedd. Fe'u clwsai nhw sawl gwaith eisoes. Diau y gallai eu hyngan ar ei chof yn ei le.

Chwyddodd balchder yn yr hyn roedd wedi'i gyflawni ym mrest Dai. Câi'r geiriau hyn eu clywed gan genedlaethau o blant yn y dyfodol, ymhell wedi'i ddyddiau ef, caent eu darlledu ym mhellafion byd i Owen a Colin, a phlant Colin – 'There! There's Dah-kee!'

Yn sydyn, doedd y smotyn ddim i'w weld yn bwysig. 'Yn doedd gan Gorbachev fap o Rwsia dros hanner ei wyneb?

"It is you, the people…" ailddechreuodd dros ubain y dorf, a diolchodd Dai iddynt o'i galon.

Gadawodd i'w ddagrau redeg – roedd y bobl yn hoff o weld dagrau – a dyma fel roedd e wedi ymarfer y geiriau hyn hefyd o flaen y drych yn yr *ensuite*. (Doedd Ladi Dai ddim wedi cael bod yn dyst i'r rhannau 'difyfyr' hyn o'i berfformiad: wnâi hynny ddim. Munudau bach ar ôl cawod, neu gachiad foreol oedden nhw, ac yntau'n ceisio sibrwd neu ynganu'r geiriau'n ddi-lais rhag iddi glywed, a gwthio'r dagrau o'i lygaid).

Yn sydyn, trawyd Dai gan feddwl arall, un nad oedd erioed wedi tarfu arno wrth iddo ymarfer yr araith hanesyddol hon dros y blynyddoedd cynt, na'r hunanfoddio yn nrych yr *ensuite*.

Disgynnodd ei law dde i fachu braich ei wraig wrth ei ochr a throdd honno i edrych arno mewn dychryn gan mor sydyn oedd y symudiad. Gwelodd Dai ei hofn, a sylweddolodd ar amrantiad ei bod hi'n meddwl ei fod wedi'i daro'n wael, trawiad neu strôc. Gwenodd arni ar unwaith.

Fyddai'r peth ddim wedi para mwy nag eiliad, os hynny, hanner eiliad o fasg yn llithro, efallai, a byddai ysgolheigion y dyfodol yn oedi'r ffilm ar Brif Weinidog y genedl newydd ar risiau'r Senedd Newydd yn cyhoeddi dyfodiad y Gymru Rydd, er mwyn dyfalu tybed, tybed beth oedd wedi gwneud i'w wên lithro am yr hanner eiliad honno, wedi gwneud iddo estyn ei law chwith a bachu braich ei wraig, wedi'i daro mor sydyn…

"*Was there something else…?*" sibryda wrthi (ac wrth wefus ddarllenwyr y dyfodol)

cyn diflannu eto gan adael y masg yn ei le, yn union fel cynt ac fel y dylai fod am byth.

Gwenodd Dai ar ei Ladi a gostegu ei hofnau iwcsoraidd yn syth.

Pe baen nhw'n edrych yn ddigon craff, ar yr eiliad y'i tarfwyd gan ba ddychryn bynnag a'i tarodd, fe fydden nhw wedi sylwi arno'n patio'i boced dde â'i law dde, yn union fel pe bai e wedi'i daro gan y teimlad fod 'na rywbeth roedd e wedi'i anghofio.

Fe fyddai'r seicolegwyr yn eu plith yn ceisio dychmygu beth oedd ar Dai ofn ei fod wedi'i anghofio, ac fe fyddai un neu ddau ohonyn nhw, rywle yng ngweddill amser, yn siŵr o lanio ar yr ateb.

Tyrau

HEDDIW, ROEDD ELIN yn bwriadu dweud wrth ei gŵr ers dros ddau ddegawd ei bod hi eisiau gwahanu. A 'gwahanu' fyddai hi'n ei ddweud hefyd: doedd hi ddim wedi gadael i'w phen gynnwys y gair 'ysgariad' eto, a wyddai hi ddim a allai fyth ei gynnwys os mai 'diflaniad cariad' neu 'alltud o gariad' oedd ei ystyr.

Drachtiodd o'i chwpan goffi a'i rhoi i lawr yn ei ôl yn rhy galed braidd ar ford y gegin nes tasgu dagrau bach brown ar y pren derw. Ceisiodd ymbwyllo a gwthio'r meddyliau negyddol o'i phen.

Roedd un neu ddwy o'i ffrindiau coleg wedi priodi dynion heb ddarllen y label yn iawn. Doedd hynny ddim yn wir yn achos Elin. Dyfan oedd yn y tun, fel yn y disgrifiad ar y label.

Y broblem oedd fod y tun gwreiddiol wedi mynd ar goll a gadael un arall yn ei le. Roedd hi wedi cytuno iddo ddod dros dro, yn debyg i pan gytunodd Pwyll yn y gainc gyntaf i gyfnewid lle gydag Arawn brenin Annwfn am flwyddyn, ond mai am flwyddyn oedd y trefniant hwnnw'n para, nid chwarter canrif. Doedd hi ddim yn edrych yn debyg bellach y câi Elin wared ar y tun a ddaeth yn lle Dyfan, a dyna pam na welai ddyfodol i'w priodas.

Wilsi oedd ei enw, yr hyn a wisgai gorff ei gŵr. Gofyn am gael dod i mewn i'w bywydau wnaeth e gynta, Elin fyddai'r cyntaf i gyfaddef. Wnaeth e ddim gwthio, dim ond cynnig ei hun, a Dyfan a hithau ar y pryd yn dal i rentu cartref yn Abertawe a Lois ar ei ffordd. A hithau heb eto orffen ei doethuriaeth a'i rhyddhaodd i dŵr ifori'r Brifysgol, a Dyfan ar gyflog isel ymchwilydd gyda'r

Bîb, fe adawodd Wilsi iddyn nhw ddechrau breuddwydio am y plasty modern ar gyrion Porthyrhyd.

Dylai Elin fod wedi gweld y cyfan yn dod o bell, fel yr hen Bantycelyn, ond doedd Pantycelyn, yn wahanol i Dyfan, ddim yn gorfod byw â chael ei nabod fel Wilsi gan y genedl gyfan.

Go brin y câi Williams Pantycelyn ei alw'n Bantycelyn heddiw chwaith, myfyriodd Elin. Pwy gâi ei dafod rownd i bedwar sill clogyrnaidd? Na, dyddiau Huwzi, a Robo a Wilsi oedd y rhain. (O leia roedd e wedi llwyddo i'w perswadio i droi'r 'z' yn 's'.)

A'r wythnos hon, roedd Dyfan yn dathlu ugain mlynedd gyfan gron ers i Sioe Wilsi daro'r tonfeddi a'r holl lwyddiannau radio a theledu, ac ymddangosiadau ar hyd a lled y wlad a ddaethai yn ei sgil. Ugain mlynedd ers iddi hi a Dyfan orfod crafu am geiniogau i dalu'r rhent a bwydo'r ddwy geg fach pan ddaethon nhw; ugain mlynedd o dyfu a chynyddu a chael a phrynu, a gallu sicrhau to dros eu pennau drwy garedigrwydd y Bîb ac S4C; ugain mlynedd i wreiddio yng nghalonnau'r genedl, o Fôn i Fynwy, o gael 'Wilsi i'w Welsi' a 'Wel wel Wilsi!' ar dafodau pawb rhwng blwydd a chant a deg; ugain mlynedd o addoliad (ym mhobman heblaw ar ei aelwyd ei hun).

Ni allai Elin gwyno gormod. Ni fyddai ei chyflog hi fel darlithwraig wedi talu am blasty modern ar gyrion Porthyrhyd iddyn nhw – chwe llofft, pedair yn *ensuite*, tair lolfa a stydi yn y to. Na, Wilsi a ddaethai â hynny, a llonydd iddi dreulio'i dyddiau'n ymchwilio i rai agweddau ar anghydffurfiaeth ymhlith cymunedau'r pyllau glo yng ngorllewin Sir Gaerfyrddin a chael cyhoeddi ei doethuriaeth ar ffurf cyfrol gwerth deugain punt ar yr union destun hwnnw (heb fawr o sylw, diolch byth) gan gau pen y mwdwl ar saith mlynedd o astudiaeth.

Bellach roedd hi bron iawn â phenderfynu ar destun cyfrol newydd i'w hychwanegu at ei *hoeuvre* – naill ai dorri'n rhydd o hanes diwydiannol gymdeithasol a throi at ddylanwadau diwygiadau y ddeunawfed ganrif ar gymdeithasau gwledig gogledd Sir Benfro a Sir Gaerfyrddin, neu astudiaeth ar batrymau cymudo o orllewin Cymru i brif gytrefi'r de ers dechrau'r ugeinfed ganrif. Roedd ganddi rai misoedd cyn y byddai'n rhaid iddi benderfynu tra gweithiai ei myfyrwyr gradd at eu harholiadau terfynol yn Abertawe. Dôi marcio cyn y câi anadlu'n rhydd ac ymroi i ddyddiau hirion braf yn y llyfrgell neu yn ei stydi yn y to unwaith eto.

Ond wrth nesu at ganol oed, sylweddolodd, braidd yn sydyn fel mae'r pethau hyn yn digwydd, fod ehangder y tirlun o'i blaen wedi troi'n ehangder y tirlun o'i hôl heb iddi sylwi arni hi ei hun yn pasio drwy'r tirlun hwnnw, bron.

Ar y dechrau, ateb am y tro oedd Wilsi, ac roedd 'blwyddyn neu ddwy' wedi troi'n ddegawd neu ddau, fel maen nhw'n tueddu gwneud.

A'r wythnos dwetha, pan soniodd Dyfan wrthi ei fod e wedi cael cynnig ei sioe ei hun ar y Sianel, wnaeth Elin ddim ymateb yn dda iawn i'r newyddion. Fe ffrwydrodd.

"Pum mlynedd arall? Shwt wy fod i fyw 'da fe am bum mlynedd arall? Alla i byth 'mo'i wynebu fe, Dyfan!"

Roedd ffrwydrad yn newid. Prin bod eu llwybrau'n croesi o gwbl y dyddiau hyn. Falle mai dyna'r peth, meddyliodd Elin. Wy eisie cwmni, wy eisie 'ngŵr yn ôl. Fe wnaeth y tro i ni fod gyda'n gilydd ac ar wahân yr un pryd am ugain mlynedd, ond nawr wy'n gweld 'i golli fe.

Gwyddai Elin hefyd y byddai Dyfan yn arwyddo contract arall yn y dyddiau nesaf i gadw Wilsi'n fyw ar y radio am bum mlynedd arall, mewn rhaglen ddyddiol deirawr o hyd. Wythnos ynghynt, roedd hi wedi crefu arno i ailystyried, a Dyfan wedi gwrthod gwrando. Ei ddrwg oedd bod Wilsi wedi'i rwydo i gredu nad oedd Dyfan yn neb hebddo, heb Wilsi. Gallai Elin weld bellach fod Wilsi wedi tyfu i mewn i Dyfan, y clown anfodlon, a'i fygu o'r tu mewn.

Ni allai wynebu pum mlynedd arall o fethu â mynd ar

wyliau hir dros yr haf am fod y Steddfod 'angen' Wilsi, o fethu rhoi troed y tu allan i'r drws heb i rywun alw 'Wel wel, Wilsi', o Dyfan wedi ymlâdd ar ôl bod yn rhywun arall drwy'r dydd, ar ôl diwrnod arall o siarad gwag â'r genedl.

Wythnos dwetha wrth ddadlau am y sioe ar S4C a chontract y Bîb y gwawriodd hi ar Elin cymaint o Wilsi a ddôi i'r golwg heibio i ymyl Dyfan. Roedd e'n cadw i ddweud 'jawch eriôd' yn yr un ffordd dwp oedd gan Wilsi o'i ddweud, ac 'yffach' fel ogof yn llawn o sŵn a dim byd arall.

Gwyddai Dyfan fod ganddo ddewis: hi neu Wilsi. Ac ar ôl wythnos, doedd e ddim wedi penderfynu. Roedd hi'n bryd iddo ddeall bellach ei bod hi o ddifri ynglŷn â gwahanu – er ei les ei hun lawn cymaint â hithau.

Teimlai Elin fel crio.

Yn lle hynny, arllwysodd baned arall o goffi iddi hi ei hun, iddi gael parhau i fyfyrio, fel cyllell i gwt. Ac er mwyn gwthio'r gyllell i ddyfnderoedd y cwt, gwasgodd Elin y switsh i ddihuno'r radio, a gadael Wilsi i mewn i'w chegin.

"Wel, wel Wilsi!" meddai llais y dieithryn – nid Dyfan – o'r bocs wrth y peiriant coffi. "Shwd ych chi gyd bore 'ma 'te, byts?"

Roedd sbel go hir ers iddi wrando ar Wilsi yn mynd drwy ei bethau, a synnodd eto glywed yr acen ffug ddeheuol o enau ei gŵr. Prin y byddai neb yn dyfalu – heblaw'r rhai a wyddai – mai yng nghyffiniau Aberystwyth y cafodd ei fagu, gan fam o Sir Feirionnydd a thad o Sir Drefaldwyn. Ond dyna fel roedd y cyfryngau'n tueddu i weithio: dwy ffurf oedd i'r iaith yn nhŵr Babel y Bîb, dwy brif acen, (ambell eithriad i Glwyd a Chiediff), ac roedd gofyn eu dyfnhau neu eu heithafu hyd at y pen er mwyn diddanu cynulleidfa. Caricatur o acen y de neu garicatur o acen y gogledd, ac i'r bylchau hynny lle nad oedd modd defnyddio geiriau tafodieithol llwyr, gellid gwthio geiriau Saesneg – 'er mwyn i'r bobol ddyall'.

Porthi'r Pum Mul oedd disgrifiad Dyfan o'r hyn a wnâi. Ceisio plesio pawb drwy symleiddio popeth hyd ei eithaf. Po fwya twp y swniai, roedd Jocelyn y cyfarwyddwr wedi dweud wrtho, 'mwya i gyd fydd y bobol yn dy lico di.'

Nôl yn y dyddiau cynnar, roedd e wedi enwi'r pum mul – Mrs Jones Llanrug wrth gwrs, Mrs Hughes Boncath, Mr Williams Arthog, Miss Puw Rhosllannerchrugog a Mrs Roberts Ffairfach. Dychmygol oedden nhw yn y bôn, ond roedden nhw'n gyfuniad o holl wrandawyr – ffan-clyb – Wilsi hefyd. Doedd Elin ddim yn siŵr ei bod hi'n hapus i bedair o'r asynnod fod yn fenywod, ond roedd yn rhaid iddi ildio i ddemograffeg y gwrandawyr.

Bob blwyddyn yn yr Eisteddfod, âi'n ymdrech flynyddol i Dyfan gadw'r wên wedi'i phastio ar ei wyneb wrth i resi o neiniau a merched ysgol gynradd ruthro i gael tynnu eu lluniau gyda Wilsi – 'Jawch wy'n fachan lwcus'.

A nawr, clywodd Elin ei gŵr ar y radio'n fflyrtio gyda Teresa o Abergwaun a oedd am anfon y becyn byti gore yn y byd eriôd at Wilsi, a Wilsi'n glafoerio dros y tonfeddi nes gwneud i Teresa udo'n orgasmig ar yr ochr arall.

"Sdim byd fel becyn byti – O! Teresa, *Mother* Teresa, safia grwtyn bach drwg sy'n starfo!"

"Hahahahahahahahahahahahahahaha!" caclodd Teresa lawr y lein.

Gwthiodd Elin ddarn o dost i'r tostyr.

"O's cyfarchion 'da ti 'te, Teresa fach, gwed wrth Wilsi."

"Gaf i weud helô wrth Mam yn y cartre yn Bron Haul a'r plant, Miriam a Bryn, a pawb yn Cwmbach a Capel Moreia…"

"Jawch, jawch, ti'n cyfarch pawb yn y byd, glei. Ho ho ho!"

"A clwb darllen Abergweun a Cymdeithas Waldo gogledd y Shir ag Ysgol Sul …"

"Wadlo wedest ti? Pwy yw Wadlo pan mae e gitre 'te?"

"Waldo…" hi-hiodd Teresa.

"Wal-be? Wal-doh! Simpsons ife?"

"Nage, bardd o'dd e…"

"Sai'n dyall Welsh, o'n i ffili darllen Welsh anodd yn rysgol… swno fel bach o glown, y Wadlo 'ma."

Gwingodd Elin. *Dail Pren* oedd testun traethawd hir Dyfan yn y coleg, cofiodd.

Ond dyna oedd y gêm: doedd y Bîb ddim yn disgwyl i'r 'pum mul' wybod dim am Waldo, nac R Williams Parry na Phantycelyn na'r Mabinogion, na Brad y Llyfrau Gleision, na'r Arwisgo na Brwydr yr Iaith na TH na Cynan na Dafydd ap na Llywelyn na Heledd na Thaliesin na Chilmeri na llosgi'r ysgol fomio a thai haf…

Na, eu byd nhw, byd y pum mul (ym meddwl y Bîb), oedd Brad Pitt a Big Brother a Beckham a Katherine Jenkins, Man U, rygbi, y cwîn, rygbi, William, Kate a Jorji-porji, rygbi, Beyonce, Rihana, Kylie Minogue, Friends, Eastenders, Coronation Street, ac ie, oreit, Pobol y Cwm (ond doedd cymeriadau Pobol y Cwm ddim yn gwybod dim am eu gwlad eu hunain chwaith, dim ond am ddwyrain Llundain, Manceinion a chymeriadau ffilmiau a chyfresi o America)

a golygai porthi'r pum mul fwydo'r bobl hyn â'r pethau roedden nhw eisoes yn ei wybod amdanyn nhw, y ffilmiau a'r cyfresi, y cyfeiriadau Seisnig ac Americanaidd, o wledydd eraill, nid eu gwlad eu hunain, yn ôl iddyn nhw, yn ôl i'r pum mul, efo dogn o hiwmor asynnaidd i ddangos nad ydw i iot yn glyfrach na chi, Mrs Jones Llanrug, Teresa o Fishguard, dduwmawra'ngwaredo-nadw! Cheith hynny ddim bod, cans twp yw'r genedl, barnant hwy oddi fry, a wiw i ni godi uwchben ein twpdra a cheisio bod yn fwy, yn well, yn glyfrach na'n stad. Wiw i ni fwydo dim a all oleuo cans ein lle ni yw Diddanu, gwae'r sawl fynn ddiwyllio, a does dim ymennydd yn perthyn i Ddiddanu. Diddanwch glychu nicyrs.

Rai misoedd yn gynt, roedd criw o ymgyrchwyr Cymdeithas yr Iaith wedi cau eu hunain yn swyddfeydd Gweinidog y cyfryngau yn San Steffan i brotestio dros ddyfodol darlledu Cymraeg. Roedd sawl un wedi ffonio i ofyn i Wilsi roi cyfarchion i'r meddianwyr, negeseuon o gefnogaeth – 'pob hwyl i Marian ac Elin sy'n meddiannu swyddfeydd y Llywodraeth yn y brotest i achub S4C,'; 'da iawn chi bois!'; 'diolch i chi am sefyll dros Gymru.'

Ond daethai gorchymyn oddi fry a gwaharddodd Jocelyn Wilsi rhag darlledu'r un o'r cyfarchion a Dyfan wedi ceisio dadlau mai protestio dros eu dyfodol nhw oedd yr ymgyrchwyr.

"Dim byd political!" gwichiodd Jocelyn, "Wilsi doesn't do politics!"

Adre, allan o gyrraedd clustiau'r Bîb, byddai Dyfan yn arllwys wisgi'n rhy aml ar y stwmp ar ei stumog, a châi Elin ei gwisgo at yr asgwrn gan yr un hen rwystredigaethau. Ond wedyn, dôi contract arall – a galw am heuldy i'r lolfa fawr; cynnig am 'sbot' o'r Steddfod – ac angen dwy soffa ledr newydd ar y parlwr; sioe deledu, ac ail-lunio'r gerddi; contract arall a gwyliau i'r teulu yn America, ac aeth y bytheirio yn erbyn y Bîb, y diflastod o orfod bod yn Wilsi, yn llai o dreth ar nerfau ac amynedd Dyfan. A rhaid i Elin gyfaddef fod ganddi le i ddiolch i Wilsi am stydi ei breuddwydion yn y to: fe'i cafodd sawl blwyddyn yn gynt nag y byddai ei chyflog darlithydd wedi'i ganiatáu.

Ry'n ni'n dysgu byw gyda'n rhwystredigaethau yn rhyfeddol o hawdd, meddyliodd Elin yn drist.

Hi fyddai'r gyntaf i gyfaddef fod cymaint y gellid ei ganmol yn croesi'r tonfeddi hefyd, cymaint o bobl yn cynnal yr iaith, yn gweld ei phatrymau amrywiol. Y stwffin yn y canol, rhwng rhaglenni da oedd yn gwneud iddi wingo – y siarad gwag, a'r recordiau Saesneg di-ben-draw. Mater o ddawnsio'i bysedd dros y rhaglenni rheini yn Guide y Guardian oedd dewis beth i'w glywed i Elin.

Tynnodd Elin y tost o'r tostydd. Roedd rhywun arall ar y lein. Mrs Hughes o Bontrhydfendigaid.

"A pwy ga i weud yw Misys Hughes nawr te," rhuthrodd Wilsi i lenwi'r tawelwch swil. "O's 'da ti enw, Misys Hughes?"

"O's, ma'n ddrwg 'da fi. Kate."

"Jawch eriôd! Pam ti'n cwato tu ôl i Misys Hughes, ag enw mor bert â Kate 'da ti. So ti wedi clywed am Cate Blanchett?"

"Sori?"

"Neu Kate Middleton? Nawr te, ma honno'n Kate fach bert, llond llaw i'r hen Wils wy'n siŵr o 'ny, ond ddim yn llond llaw i'r hen Wilsi, feta i. Nawr te, pwy hysbýs sy 'da ti i roi, Kate fach?"

"Ise gweud bod Aelwyd yr Urdd Pontrhydfendigaid yn cynnal bore coffi i godi arian at ddioddefwyr e-bola yn Sierra Leone dydd Sadwrn…"

"E-bola ife? Ma e-bola a hanner 'da fi. Gormod o foreue coffi, bytis bach –"

Torrwyd ar ei draws gan sŵn udo annaearol. Llais dyn, meddyliodd Elin, dyn mewn gwendid.

"Yffach cols, beth oedd 'na? O's hyena 'da ti'n tŷ?" holodd Wilsi.

"Beth?" holodd Kate wedyn, a'r udo'n parhau yn y cefndir.

"Hyena. Neu fwnci," meddai Wilsi. "Ma sŵn ar cythrel 'da ti 'na. Odych chi'n cadw anifeilied yn tŷ lan tsha Pont-rhyd… shwt yffach ti'n gweud y geire hir 'ma."

"Na, sda ni'm anifeiliaid yn tŷ," meddai Kate, yn swnio braidd yn ddryslyd ond roedd yr udo yn y cefndir wedi dechrau troi'n wich.

"Odi'r tecil ar tân 'da ti 'te?" parhaodd Wilsi.

Cau dy geg, Dyfan, meddyliodd Elin wrth i'r gwir ddechrau blaguro yn ei phen. Cau dy geg, Dyfan bach.

"Ni wedi ca'l lectric lawr man 'yn, ond so chi wedi, ma'n obvious, os yw'r tecil yn whislan gwmint â na…"

"O," meddai Kate wrth sylweddoli am beth oedd Wilsi'n sôn. "Adrian yw e, y mab."

"Jawch ma sŵn 'dag e, gwed wrtho fe am roid soc yndo fe. O's cnoc arno fe? Ma fe'n swno rêl jawl bach drwg i fi."

"O," meddai Kate wedyn, "gath Adrian ddamwen car saith mlynedd yn ôl – " rhuthrodd Elin, nes baglu dros goesau'r bwrdd, coesau'r gadair, ei choesau ei hun, i godi i ddiffodd y radio rhag gorfod clywed, a methu â chyrraedd mewn pryd, rhag clywed

"Dyw e ddim yn iawn…"

*

"Shwt o'n i fod wbod?"

Eisteddai â'i ben yn ei ddwylo gyferbyn ag Elin yn y lolfa gyda'r olygfa fendigedig i lawr dros Borthyrhyd.

"Do't ti ddim," meddai Elin, yn ddiamynedd braidd. Bu'n rhaid iddi wthio pob sôn am 'wahanu' o'r neilltu yn wyneb y fath fwndel o edifeirwch a chywilydd a'i hwynebai ar y soffa.

Unwaith eto, roedd Wilsi wedi gwthio'i hen drwyn mawr i mewn rhyngddyn nhw.

"Beth wedon 'nhw?" holodd Elin.

Ochneidiodd Dyfan a chodi ei ben.

"Chwerthin na'th Jocelyn," meddai. Mygodd Elin reg at gyfarwyddwraig ei gŵr. "O'dd Efe damed bach yn fwy poenus. Becso bydde fe'n mynd ar youtube neu rwbeth fel 'ny, ac effeithio ar y ffigure gwrando."

Cododd Dyfan ei ben.

"Wy'n mynd i'w gweld hi."

"Pwy?"

"Kate."

"Kate?" Sylweddolodd Elin am bwy oedd e'n sôn. "O."

*

Tua hanner awr wedi wyth y daeth yr alwad.

"Gweld ych rhif chi yn 'i fobeil e nes i," meddai'r llais ar yr ochr arall.

Roedd Elin wedi gofyn iddo adael iddi fynd gydag e i Bontrhydfendigaid, ond roedd Dyfan wedi gwrthod yn bendant: mater iddo ef oedd hyn, ei annibendod ef i'w glirio.

Wnaeth hi ddim dadlau'n rhy galed. Aeth i'r to at ei llyfrau, ac ymgolli, fel y gwnâi, yn ei gwaith fel na sylwodd hi ar yr oriau'n pasio, na meddwl fawr mwy am Dyfan a Kate Hughes.

Cododd ei phen wrth glywed cloch y ffôn, a chymryd eiliad neu ddwy i gofio pwy oedd hi, ac ymhle ac ym mha ganrif roedd hi'n byw.

Clywai Deio lawr yn ei stafell yn chwarae ei gitâr a gallai ddychmygu bod Lois wedi hen gwympo i gysgu ar ei llyfrau coleg.

Nabyddodd Elin y llais ar yr ochr draw ar amrantiad, yr un llais ag oedd ar y ffôn ar y radio.

"Mae e'n llefen yn y bathrwm ers tri chwarter awr," meddai Kate.

"Pwy?" holodd Elin yn syfrdan, a'i meddwl yn dal heb groesi'r canrifoedd o'i llyfrau'n iawn.

"Wilsi," meddai Mrs Hughes. "O'n i ar fin ca'l Adrian idd'i wely pan gyrhaeddodd e, yn wyn fel y galchen, a dorrodd e lawr yn y gegin."

Clywai Elin sŵn udo yng nghefn yr alwad ffôn, a gobeithiai mai'r un udo oedd e â'r hyn a glywsai ar y radio y bore hwnnw, ac nid rhyw udo arall.

"Mae e'n ypseto Adrian braidd," meddai'r ddynes ar yr ochr arall. "Wedi cloi'i hun yn y toiled ers tri chwarter awr. Wy'n 'i glywed e'n llefen."

"Adrian?" meddai Elin, ar goll.

"Nage! *Wilsi*, Mrs... Mrs Williams! Wilsi sy'n llefen yn bathrwm, a wy'n treial ca'l Adrian idd'i wely."

Tynnodd Elin ei chot amdani a phenderfynu peidio ag oedi i ddweud y stori yn ei chyfanrwydd wrth y plant.

"Dwi'n mynd allan i gwrdd â Dad," meddai wrth Lois gan obeithio y byddai hynny'n ddigon am rai oriau: rhoi'r argraff mai lawr yn y dafarn oedd e. Gallai fod yn Aberaeron ymhen awr, ac os gweithiai'r SatNav, ym Mhontrhydfendigaid dwtsh wedyn.

Wrth danio'r injan, ceisiodd feddwl eto beth allai fod wedi digwydd i Dyfan. Clywai am bobl yn cael brecdowns yn ddisymwth, ond mewn pedair awr ar hugain…?

Ac wrth ei feddwl, sylweddolodd y gallai fod yn ddau ddegawd lawn mor hawdd â phedair awr ar hugain, a theimlodd arswyd yn llifo drwyddi, yn gymysg ag euogrwydd. Ofnai ei bod hi ar fin darganfod beth oedd pris llawn plasty modern ar gyrion Porthyrhyd.

*

Ymhell cyn deg, parciodd y car y tu ôl i BMW ei gŵr o flaen y semi bach ar gyrion Pontrhydfendigaid a'i ardd fach boenus o dwt. Roedd golau yn y ffenestri, a'r golau allan uwchben y drws yn ei disgwyl.

Daeth dynes ganol oed â'i gwallt byr yn britho drwy'r du allan i garreg y drws ar ôl clywed sŵn y car yn cyrraedd.

"Mae e'n oreit," meddai wrth i Elin ruthro ar hyd y llwybr i'w chyfeiriad. "Wedi ypseto'n ddrwg druan bach, ond mae e'n dod ato'i hun. Weles i eriôd shwt beth, mae e wedi gwitho'i hunan lan yn ofnadw am beth wedodd e a finne'n gweud bod dim ise iddo fe ymddiheuro, ma pawb yn dyall."

"Fe wedodd e bethe anfaddeuol," dechreuodd Elin, wrth ddilyn Mrs Hughes i'r tŷ.

Trodd Mrs Hughes i'w hwynebu yn y drws i'w stopio, a dweud yn bendant, "saith mlynedd yn ôl, gath y gŵr ddamwen car wrth ddod gatre o gêm ffwtbol. O'dd Adrian yn y car gydag e. Halon nhw bymtheg awr yn 'i roid e nôl at 'i gilydd, a gymrodd hi ddeg dwrnod i ni weld nag o'dd 'i feddwl e'n iawn. Lladdw'd 'i dad e yn y fan a'r lle."

"O ma flin 'da fi…"

Rhoddodd Mrs Hughes ei llaw ar fraich Elin, fel pe bai'n cydymdeimlo â hi.

"Pan chi'n wêdo drwy gachu lan at ych bogel, so chi'n becso rhyw lawer bod hi'n bwrw glaw," meddai Mrs Hughes, gan ychwanegu gwên fach gysurlon.

Trodd i agor y drws i'r lolfa cyn i Elin allu tynnu ei llygaid oddi arni. Aeth Mrs Hughes i mewn, a gorfododd Elin ei choesau i'w dilyn.

Eistedd ar y soffa oedd Dyfan. Gwnaeth y newid ynddo i Elin dynnu'i gwynt. Gwthiai ei wallt brith allan i bob cyfeiriad uwchben pâr o lygaid tywyll anferth yn eu gwae, â'i fochau'n goch, oddi tanynt, yn chwyddedig ar ôl y llefen. Trodd i edrych arni, yn llawn ofn, yn union fel pe bai hi'n dod â Wilsi yno'n ôl ato, yn ôl i mewn i'w fywyd.

"Dyfan," meddai, i ddangos iddo mai dyna pwy oedd e, a'i bod hi'n gwybod hynny. "Dyfan bach…"

Aeth Kate allan – i roi llonydd iddyn nhw falle, neu i fynd i edrych am Adrian.

Eisteddodd wrth ymyl ei gŵr a gafael yn ei law.

"Fe ymddiheures i iddi," meddai Dyfan gan edrych yn syth o'i flaen fel pe bai'n gweld cyffeswr yno. "Am y pethe wedes i."

"Ddim ti oedd yn 'u gweud nhw," meddai Elin.

"Ond allan o 'ngheg i ddeson nhw, ife ddim?" holodd Dyfan fel pe na bai'n siŵr o hynny bellach.

"Ma angen gwylie arnot ti," meddai Elin i'w gadw rhag meddwl gormod.

Ar hyn, daeth bachgen yn ei arddegau – tua un neu ddwy

ar bymtheg, tybiodd Elin – i mewn i'r lolfa. Gwisgai beijamas Superman ond symudai'n herciog letchwith.

"Wilsi!" pwyntiodd Adrian at Dyfan yn wên o glust i glust.

"Ie, Adrian." Daeth Kate i'r golwg y tu ôl i'w mab, yn amlwg wedi blino ei hel i'w wely, ac ar gadarnhau i Adrian mai Wilsi ei hun oedd yn eistedd ar y soffa yn eu cartref.

Dringodd Adrian at y soffa a gwasgu'n dynn at ochr Dyfan. Gwthiodd ei hun i mewn o dan ei fraich, a throi ei wyneb i fyny at wyneb ei arwr.

"Wilsi, Wilsi. Wel wel Wilsi! Wilsi i'w Welsi! Wilsi i'w Welsi!"

"Ie'n de," ochneidiodd Kate wedi ymlâdd.

Doedd Dyfan ddim wedi troi i edrych arno. Prin y sylwai ei fod yno. Gadawai i Adrian weu ei hun i mewn i'w goflaid.

"Fel hyn mae e wedi bod," meddai Kate wedyn, a doedd Elin ddim yn gwybod ai am Dyfan neu am Adrian roedd hi'n sôn.

"Ddim Wilsi yw 'ngŵr i," meddai Elin yn sydyn. Am eiliad, teimlodd ei bod hi'n bwysig i'r ddynes 'ma wybod hynny. "Ma 'ngŵr i'n llawer gwell dyn na'r Wilsi 'na."

Sythodd Mrs Hughes yn ei chadair fel pe bai Elin wedi rhoi slap iddi. Diflannodd y wên groesawgar oddi ar ei hwyneb. Edrychodd ar Elin fel pe bai'n gallu dringo i mewn o dan ei chroen a cherdded rownd i weld beth welai hi.

"Nage fe nawr?" meddai'n oeraidd braidd. "Ma flin 'da fi glywed 'ny. Achos chewch chi neb gwell na Wilsi, chi'n gweld. Wy'n gwbod, achos gadwodd e gwmni i fi drwy orie gwitha 'mywyd i. Do'dd e ddim yn gwbod hynny wrth gwrs, shwt alle fe?' Ac ar y pwynt hwn, edrychodd ar Dyfan, ond gofalodd ailblannu ei llygaid yn ôl ar Elin o fewn eiliad. 'Tra buodd y doctoried yn rhoid Adrian nôl at 'i gilydd, o'dd unman 'da fi i fynd: unman ô'n i moyn bod. Ô'n i ffili diodde cwmni neb arall, 'u hen gydymdeimlad nhw, ddim yn gwbod ife gweud mor flin ô'n nhw bo fi newydd ga'l yn neud yn widw, neu ar fin colli'n fab, sai'n gwbod. Ond na i gyd ô'n i moyn ô'dd bod ar ben yn 'unan. Wedyn, es i i'r car mas o ffor, i ga'l bach o normalrwydd. Ag o'dd rhaglen Wilsi yn dachre. Geso i'i gwmni fe…"

Roedd hi'n cael gwaith ynganu'r geiriau bellach wrth ail-fyw'r diwrnod hwnnw, a'i llygaid yn drwm gan ddagrau, yn bygwth boddi ei geiriau. Ond wnaeth hi ddim gadael iddyn nhw, wnâi hi ddim gadael iddyn nhw.

Wnaeth Elin ddim caniatáu iddi hi ei hun dynnu ei llygaid hithau oddi ar rai Kate chwaith.

"Ges i'i gwmni fe, 'i hwyl e, 'i onestrwydd e, tra fues i'n iste yn y car. So fe'n treial bod yn rhwbeth arall, dim ond fe'i hunan, yn ffrind i bawb, yn glust i holl leishe Cymru os chi moyn, ag o'dd e 'na, yn glust i finne hefyd. Cwmni yw e, ffrind – ddim rhywun sy'n treial dysgu rwbeth i chi, gweud wrthoch chi beth i neud. A sdim ots shwt Gymrâg sy 'da chi, na pwy ych chi, na faint o frên sels sy 'da chi, mae e'n dala i fod yn gwmni ag yn ffrind. Onest o'dd e bore 'ma, achos so fe'n gwbod shwt i fod yn ddim byd heblaw gonest."

Tynnodd Kate ei llygaid oddi ar Elin a newid goslef ei llais ar amrantiad. "'Na fe, 'na fi wedi ca'l gweud yn feddwl. O'n i'n credu falle'i bod hi'n bwysig i chi wbod."

Anelodd am Adrian a'i dynnu'n rhydd o'i nyth wrth ystlys Dyfan.

"Dere nawr Adrian, amser gwely," meddai'n dyner.

Cododd Adrian. "Wilsi welsi, Wilsi welsi. Wo wo wo wo!"

Aeth allan wrth sodlau ei fam, gan udo fel pe bai'n gwylio gêm bêl-droed.

Syllodd Elin yn hir ar y gadair lle roedd Kate wedi bod yn eistedd, gan dynnu meddyliau a gymerasai flynyddoedd lawer i ymffurfio tu chwith a thu ôl ymlaen mewn munudau. Er ei bod hi'n gaeth i'w thŵr ar lawer ystyr, doedd dim caeadau ar y ffenestri, a hyd yn oed os mai rhywbeth i'w ddysgu yn hytrach na'i deimlo oedd cynhesrwydd patrymog y garthen glytwaith frith, brithwaith clytiog cain, holl liwiau pobl am ei hysgwyddau, doedd Elin ddim yn un na allai ddysgu.

Rhoddodd ei braich am ysgwydd Dyfan a theimlo'i ên yn wlyb o ddagrau. Teimlodd gyhyrau Dyfan yn ildio i'w chyffyrddiad. Teimlodd y gollwng ynddo a'r dagrau'n canlyn ei gilydd yn gyflymach wrth iddo droi i'w choflaid hi.

Er gwaetha geiriau Kate, gwyddai Elin bellach fod rhaid i rywbeth newid iddi hi a Dyfan. Ugain mlynedd yn rhy hwyr, penderfynodd ofyn i Dyfan tybed a wnâi e adael iddi hi ennill cyflog am sbel fach. Penderfynodd ofyn iddo a gaen nhw symud o Borthyrhyd, a mynd i fyw i ardal newydd, wynebu antur newydd gyda'i gilydd. Penderfynodd ofyn iddo fynd gyda hi i weld y byd unwaith y byddai Lois a Deio yn daclus yn rhywle arall. Penderfynodd ofyn hyn oll iddo ar y ffordd adre yn y car, os na fyddai e'n cysgu. Câi ddelio â sut i ddod â'r BMW arall adre bore fory.

Ond gynta, tynnodd ei ffôn o'i phoced a chwilio am rif Jocelyn y Bîb. Pan glywodd y llais cysglyd yr ochr arall, mwythodd foch ei gŵr â'r fraich oedd am ei ysgwydd a dweud:

"Jocelyn, fydd Wilsi ddim fewn fory." Gwenodd ar Dyfan: roedd hi'n braf ei gael e nôl er iddyn nhw orfod mynd drwy Bontrhydfendigaid i wneud hynny. "Nag unrw ddwrnod arall whaith," ychwanegodd. "Ma Wilsi wedi marw."

Gwasgodd y botwm cyn cael ymateb a rhoi'r ffôn yn ôl yn ei phoced.

Cyfnitherod

ER MAI FI oedd yr hynaf o chwe mis, Lucy oedd y bos. Pan oeddem yn blant, hi fyddai'r gyntaf i godi ei llaw a gwichian 'fi, fi, fi' pan fyddai Mam-gu Aber yn gofyn pwy hoffai gael lolipop, a'r gyntaf i gwyno mai fi gafodd y lolipop coch – neu'r un melyn, neu'r un oren, yn dibynnu'n llwyr ar liw'r lolipop a estynnwyd i mi. Hi hefyd fyddai'r gyntaf i roi ei braich amdanaf a dweud bod y ffrae drosodd ar ôl i mi gyfnewid fy lolipop i am ei hun hi am nad oes unrhyw wahaniaeth o ran blas rhwng yr oren, y coch a'r melyn, mewn gwirionedd, er fy mod yn dal yn ferw flin tu mewn. A byddwn yn dioddef ei braich amdanaf am fod hynny'n haws na thynnu'n groes i ganol ffrae arall.

Ond roedd cwmni Lucy rhwng y pigiadau bach o anesmwythyd yn fendigedig. Hi oedd fy 'hanner arall', y chwaer na fu gennyf, y ffrind oedd yn fy neall yn well na'r un ffrind ysgol. Roedd ei ffraethineb a'i hwyl, ei sbort a'i ffordd o hwylio'n agos at y gwynt, nad oedd yn ennyn cerydd, cweit, yn chwa o awyr iach, ac edrychwn ymlaen at bob munud o'i chwmni, hyd yn oed y rhai mwy cynhenllyd.

Anfynych y byddem yn gweld ein gilydd yn y dyddiau hynny, ambell benwythnos rhwng y Nadolig a'r haf pan ddôi Lucy a Sam, ei brawd bach, i aros gyda Mam-gu yn Aber gyda'u rhieni, a phythefnos wedyn dros wyliau'r haf a ymestynnai fel oes i rai bach fel ni – yn ddigon anfynych i fagu'r cnofeydd dirdynnol o edrych ymlaen ynof a oedd yn fwy cyfarwydd mewn eraill wrth edrych ymlaen at y Nadolig. Cofiaf lawenydd y cofleidio a'r cusanau cyntaf, cyn y cwympo mas anorfod cyn diwedd y diwrnod canlynol, a blinder aros-yn-effro-drwy'r-nos yn pylu'r polish ar ein haduniad gan ein gwneud ni'n dwy yn flin. A'r gwell hwyliau wedyn dros siocled a ffilm ar deledu Mam-gu yn ein pyjamas.

Âi Sam i chwarae gydag Elis, fy mrawd bach, a gadael Lucy a fi i drafod y pethau pwysig: colur, cerddoriaeth a bechgyn, a Lucy yn gwybod cymaint yn fwy na fi am y tri maes. Ond wnaeth hynny ddim fy atal rhag ymdrechu i ddangos 'mod i'n gwybod llawn cymaint â hi, a'r un ohonon ni'n dwy wedi dysgu eto sut i ymffrostio'n gyfrwys.

Yr un oedd cynhesrwydd y goflaid pan gyrhaeddodd Lucy a Sam dŷ Mam-gu Aber ym mis Ebrill yn lle mis Awst, am dri mis y tro hwn, er na wyddwn yn iawn am faint y bydden nhw'n aros wrth gyrraedd. Linda, mam Lucy a Sam, oedd wedi mynd yn sâl, a Mam-gu wedi cynnig cymryd y plant tra'i bod yn dod drosti'n iawn. Golygai hynny y byddai Lucy yn treulio tymor yr haf yn rhannu dosbarth cofrestru gyda fi, ac fel y daeth yn amlwg yn ddigon buan, dôi i rannu fy ffrindiau, fy amser hamdden, fy ngwaith cartref a phob dim arall roeddwn i wedi dechrau cymryd yn rhy ganiataol mai fi oedd eu piau.

Dau frawd yw Pete, tad Lucy, a Steve, fy nhad i. Aeth Pete i weithio yng Nglynebwy ar ôl gadael coleg, ac ym Mlaenafon, ar noson allan gyda'i ffrindiau gwaith y cyfarfu â Linda. Yn ôl Lucy, roedd yn gariad ar yr olwg gyntaf, yn ddyfnach na'r un cariad a fu erioed o'r blaen ac yn swnio'n debyg iawn i'r cariad a welwn mewn ffilmiau Americanaidd fesul y dwsin. Prin fod cariad Mam a Dad, a âi'n ôl i ddyddiau cynnar yr ysgol uwchradd yn meddu ar yr un dyfnder tyngedfennol a thragwyddol.

Yn fwy na gwefusau botox newydd neu'r i-phone diweddaraf, neu gariad o blith sêr Hollywood, roedd cyrraedd yr ysgol a Lucy ar fy aswy law yn ddigon i ddenu mesur mwy o sylw fy nghyd-ddisgyblion na chyfanswm yr hyn a roddwyd i mi'n bersonol dros y pedair blynedd flaenorol yn yr ysgol fawr. I feibion fferm gogledd Ceredigion, roedd Lucy'n egsotig. Neu'n gywirach, roedd hi wedi aeddfedu'n gorfforol i raddau mwy amlwg na gweddill merched y dosbarth, ac roedd hi'n gwybod sut i gario'i hun mewn modd a ddangosai ei bod hi'n gyfforddus iawn â'r hyn oedd ganddi. Roeddwn i'n dal ar y cam hwnnw mewn bywyd pan fyddwn yn syllu'n ddigalon i lawr blaen fy nhop pyjamas yn chwilio'n ofer am ryw dystiolaeth o dwf noson ar ôl noson ac wedi dechrau anobeithio na fyddwn i byth yn edrych yn debycach i ddynes nag i fachgen deuddeg oed. Un felly yw Mam; mwy o laswelltyn nag o rosyn, un a ymfalchïa yn ei gallu i beidio â gorfod gwisgo bra, a minnau'n ysu, ysu cael y ddau afal bendigedig oedd gan fy nghyfnither o dan ei siwmper ysgol, a'r canol cromlinog lluniaidd, hafal i luniau o fenywod go iawn ar y we a'r teledu – a'r menywod go iawn a oedd yn ymrithio o flaen fy llygaid yn ddyddiol bron fel gloynnod byw o chwiler yr hyn a arferai fod yn blant a rannai ddosbarth ysgol â mi.

Dwn i ddim hyd heddiw ai'r bronnau eu hunain neu'r hyder a ddôi gyda nhw oedd y prif destun dyheu i mi, ond roedd y sylw a gafodd Lucy o'r eiliad gyntaf un yn creu eiddigedd ynof er mawr cywilydd i mi.

Roedd Lucy'n egsotig mewn ffordd arall hefyd. Dyw Lucy ddim yn gallu siarad Cymraeg. Er i Pete lawn fwriadu siarad Cymraeg â'i blant, mae bwriadau'n mynd ar goll rhwng gwagu'r biniau a rhoi menyn ar y bara, a 'Beth yw'r pwynt?' oedd agwedd Linda wedi bod erioed.

Ebychodd Deio Jones 'Waw' heb geisio cuddio'i drem blysiog dros bob modfedd o fy nghyfnither, a gofyn a oedd hi'n benblwydd arno. Dadleuodd Siôn Llwyd mai fe welodd hi gyntaf, ac ar ôl i mi ddweud pwy oedd hi ac o ble roedd hi'n dod, bustachodd y ddau i'w chroesawu mor gynnes nes 'mod i'n hanner disgwyl gweld eu tafodau'n hongian o'u cegau.

Roedd Siôn Llwyd wedi bod yn gwmni i mi drwy bob breuddwyd felys – ynghwsg ac effro – a gefais er pan sylwais i gyntaf ar y dimpls yn ei fochau a'r direidi yn ei lygaid ym mlwyddyn wyth ac o fewn pum munud, roedd e wedi syllu mwy ar Lucy nag a wnaeth arnaf fi erioed.

Dyma fe'n dweud wedyn nad oedd y ddwy ohonon ni'n ddim byd tebyg, a disgynnodd rhyw gaead ar gau y tu mewn i mi.

*

Mae Mam yn dweud mai am mai dim ond dwy ohonom ni sydd yna yn y teulu estynedig ar y ddwy ochr (heblaw am fy nghyfnither deirblwydd oed ar ochr Mam, nad yw'n cyfrif) ein bod ni i weld mor annhebyg i'n gilydd. O ran pryd a gwedd, rwy'n tueddu at yr ochr olau, ac mae Lucy yn dywyll fel y frân, yn debycach i Mam-gu. Mae ganddi lygaid glas, sy'n ei gwneud hi'n harddach byth, yn brydferth, fel y dywedodd Mam-gu yn fy nghlyw un diwrnod, a phan sylweddolodd 'mod i wedi clywed, fe ychwanegodd, fel Nan ond mewn ffordd wahanol. Byddai'n well gen i pe bai hi heb ddweud gair. Mae Lucy'n gwybod sut i siarad â phobl hefyd wrth gwrs: mae cwlwm ar fy Saesneg i bob gafael wrth siarad â bechgyn, a hyd yn oed wrth siarad â merched. Roedd cael Lucy wrth fy ymyl yn help mawr weithiau, a chollais gyfrif ar sawl gwaith y torrodd ar fy nhraws yn ystod y tri mis hwnnw ym mlwyddyn deg pan fyddwn i'n dechrau dweud rhywbeth a hithau'n fy helpu allan o dwll drwy ddweud, 'Beth mae hi'n geisio'i ddweud/beth mae hi'n feddwl yw', a byddai hi'n ei gael yn gywir, fwy neu lai, bob tro.

Byddem yn rhannu gwersi Saesneg a byddai Lucy yn codi ei llaw yn cynnig atebion bob cyfle posib. Weithiau byddai gen i damaid bach o embaras gan nad oedd hi bob amser mor ddeallus ag y credai hi. Yn y wers Saesneg un tro, fe ofynnodd yr athrawes i ni enwi awdur yn dechrau â'r llythyren B (roedden ni wedi bod yn trafod Samuel Beckett yr wythnos cyn hynny a dyma ffordd yr athrawes o weld a oedd unrhyw beth wedi glynu yn ein cof). Saethodd llaw Lucy i'r entrychion a chyn i'r athrawes ddweud ei henw, roedd hi'n gweiddi, "Miss, Miss, David Beckham!" gan wneud i'r dosbarth cyfan chwerthin. Roeddwn i eisiau diflannu, ond roedd Lucy wrth ei bodd yn cael sylw, ac roedd hynny yn anad dim, yn bwysicach nag unrhyw gywirdeb ffeithiol. Gwenodd yr athrawes Saesneg a dweud "Da iawn Lucy: ydi, mae David Beckham wedi cyhoeddi hunangofiant".

Ni fu Lucy yn ddieithr yn hir i 'nghyfoedion ysgol. Fe wnaeth yn siŵr ei bod hi'n cael ei nabod tu chwith allan ganddyn nhw yn ystod yr ychydig wythnosau y bu hi yno fel pe bai wedi bod yn eu plith ers blynyddoedd mawr. Ac ar y cyfan, roeddwn yn falch o'r sylw yn ei chysgod, sy'n well na dim sylw o gwbl.

*

Un noson, aeth Mam a Dad mas a hithau'n noson ysgol, felly fe es i ac Elis i aros at Mam-gu. Roedd gofyn i fi rannu gwely gyda Lucy, ac roedd rhywfaint o naws yr hen adegau aros-ar-ddi-hun-drwy'r-nos yn perthyn i'r achlysur, er bod ysgol y bore wedyn yn bwrw cysgod dros ormodedd o sbort plentynnaidd.

Ond fe ddechreuon ni siarad mewn ffordd nad oedden ni wedi gallu gwneud ers wythnosau, ers i Lucy ddechrau yn yr ysgol. Gofyn wnes i i ddechrau a oedd hi'n gweld colli ei ffrindiau ysgol ym Mlaenafon, ac fe gyfaddefodd ei bod hi, gan ddangos ochr i'w chymeriad a oedd yn wahanol i'r brafado arferol o flaen fy ffrindiau ysgol.

Dywedodd ei bod hi'n gweld colli rhai o'i ffrindiau, ond nad oedd ganddi lawer. Synnais, ac amau'r gosodiad, a gwnaeth hynny hi'n ymosodol braidd. Dechreuodd edliw i mi nad oedd gennyf syniad sut beth oedd byw ym Mlaenafon lle mae pawb yn dlawd, a finnau â rhieni'n athrawon, a ffrindiau cefnog, a chorau cerdd dant a phethau felly. Ie, dyna ddywedodd hi – ffrindiau cyfoethog a chorau cerdd dant.

Gwyddwn yn iawn nad oedd Lucy a'i theulu'n dlawd. Roedd

gan ei thad swydd dda mewn ffatri electroneg yng Nglynebwy a dalai'n well na swydd fy nhad yn ddirprwy bennaeth cynradd (roedd Mam wedi dweud hynny wrthyf pan oeddwn yn chwech neu'n saith oed a minnau wedi gofyn ai glöwr oedd Yncl Pete) ac roedd Linda yn hyfforddi nofio yn y pwll hamdden yn y dref. A chorau cerdd dant? Er fy mod yn aelod o gôr yr ysgol ac wedi mynd drwodd i rownd genedlaethol Eisteddfodau'r Urdd, nid cystadleuaeth cerdd dant oedd hi – a beth oedd ganddi yn erbyn cerdd dant, ta beth? Roedd y ffaith ei bod hi'n cofio'r geiriau 'cerdd dant' ac yn gwybod yn fras mai rhywbeth i'w ganu mewn côr oedd e yn fy synnu, ond ddim hanner cymaint â'i glywed yn cael ei gynnwys mewn rhestr o bethau i'w gosod yn fy erbyn. Dechreuais ofyn beth oedd sail ei gwrthwynebiad i gerdd dant ac fe atebodd yn ddiamynedd nad hynny'n llythrennol roedd hi'n feddwl, siŵr iawn, Ond y cyfan oll i gyd fel wyt ti'n gwybod yn iawn.

Doeddwn i ddim. A beth bynnag, aeth ati i fwrw ei llid ar rywbeth arall: y ffordd roeddwn i'n ymddwyn, yn wan i gyd, yn llwyd, yn eiddil, am mai dyna sut roedd merched yn ennyn cydymdeimlad bechgyn. Yr olwg druenus alwodd hi fe, a doedd hi ddim yn deg 'mod i, yn perthyn mor agos iddi, yn cael edrych felly, yn olau ac yn denau, a hithau'n dew ac yn dywyll, ac yn siarad ar ei chyfer drwy'r amser. Es i ddim i ddadlau â'r pwynt olaf, ond dechreuodd ddadlau mai felly oedd hi yn y Cymoedd, pobl yn bwyta rwtsh rhad nad oedd yn gwneud unrhyw les iddyn nhw ond mai dyna i gyd roedden nhw'n gallu fforddio'i brynu. Mentrais sôn nad rwtsh oedd Anti Linda'n ei goginio, ei bod hi'n credu'n frwd mewn fitaminau a maeth, ac fe dorrodd ar fy nhraws i ddweud wrtha i am gau 'ngheg am ei mam a hithau'n sâl, pa hawl oedd gen i i bigo ar ei mam. Dechreuodd grio, yn union fel roeddwn i'n teimlo fel gwneud ar ôl iddi droi bwriad fy ngeiriau 180° gradd o'u gwraidd, a theimlais yr anghyfiawnder. Cododd ar ei heistedd er mwyn iddi allu edrych arna i'n well a phoeri ei chynddaredd i fy nghyfeiriad: doeddwn i ddim yn deall, sut roedd disgwyl i mi ddeall, a finnau wedi cael, cael, cael ar hyd fy oes?

Ceisiais feddwl beth roeddwn i wedi'i gael yn fwy na hi, a phrin y gallwn feddwl am ddim byd. Ceisiais ddadlau, a dywedodd wrthyf drwy ei dannedd 'mod i bob amser yn meddwl 'mod i'n gwybod pob dim, ac roedd yn gas ganddi bobl oedd yn gwybod pob dim, meddai.

Felly trois ar fy ochr a gobeithio y byddai hynny'n cau ei cheg. Ymhen munud neu ddwy fe ddistawodd a theimlais y gwely'n rhoi wrth iddi orwedd yn ei hôl a throi oddi wrthyf. Doedd dim gwely arall gan Mam-gu neu fe fuaswn wedi codi a mynd iddo. Ond rhaid oedd gwasgu 'mol tu mewn yn dynn, dynn a chau 'nghrio yn fy mrest rhag i mi wneud sŵn, a gadael i'r dagrau lifo'n rhydd i lawr drwy 'ngwallt ar y gwely heb i Lucy glywed.

*

Wnaethom ni ddim siarad y bore canlynol, a diolch byth, roeddem yn hwyr yn gadael y tŷ am yr ysgol, felly sylwodd Mam-gu ddim ar y tawelwch rhyngom yn yr holl frys.

Rhyddhad oedd cael ei chefn yn y wers Gymraeg. Trafod cerddi Gerallt Lloyd Owen a wnaem y bore hwnnw, ac am rai munudau, llwyddais i anghofio am Lucy. Cawsom ein gosod mewn grwpiau i drafod ymysg ein gilydd a chefais fy ngosod gyda Deio Jones a Siôn Llwyd. Rai wythnosau ynghynt, byddai hyn wedi bod yn destun gorfoledd hyd at fyrstio ynof, ond bellach roedd Lucy wedi taenu rhywfaint o realiti fel llwch du dros bob dim, hyd yn oed yn y gwersi Cymraeg a hithau ddim yno.

Teimlais fy nhafod yn llacio wrth dynnu sylw at rinweddau 'Etifeddiaeth'. Chwerthin am fy mhen wnaeth Deio Jones, a dweud mai yn jêl fyddwn i wrth siarad felly. Ac yna, fe ddigwyddodd rhywbeth nad oedd hyd yn oed fy mreuddwydion wedi bod mor ffôl â'i greu ar fy nghyfer: fe anghytunodd Siôn â Deio a dweud 'mod i'n hollol iawn, os na wnawn ni wneud fel mae Nan yn ei ddweud – Nan, ddwedodd e, ddim Gerallt – fe gollem rywbeth sy'n bwysicach na dim byd arall.

Roedd 'na bum munud arall cyn diwedd y wers, a phrin y gallwn fyw yn fy nghroen. Gofalais beidio â gwthio fy lwc drwy ddweud gormod wedyn rhag baglu i gors yr holl bethau gwirion y gallwn eu lleisio, a chwalu'r swigen o hapusrwydd oedd wedi ymffurfio o 'nghwmpas i. 'Fel mae Nan yn ei ddweud!' Troellai'r geiriau yn fy meddwl, ei eiriau, ei lais, ei ddimpls, 'Fel mae Nan yn ei ddweud'.

Canodd y gloch yn llawer rhy sydyn, Ond roedd gen i ffiol lawn i'w choleddu a'i gwasgu ataf, i'w chadw tu mewn drwy'r dydd a'i chludo adre yn fy mynwes ac i'r gwely i'w hail-fyw, i'w chofleidio. Cadwai 'Fel mae Nan yn ei ddweud' fi'n fyw am sbel eto.

Ond ar ôl cyrraedd adre, fe ddwedodd Mam fod Lucy newydd ffonio i ofyn i mi alw yn nhŷ Mam-gu; roedd un neu ddwy o'r merched yn cyfarfod yn y parc gan ei bod hi'n braf. Soniais i ddim wrth Mam am y ffrae a gawsom yn nhŷ Mam-gu y noson cynt, a barnais y byddai geiriau a llais Siôn Llwyd yn dal yno i mi ar ôl i mi gyrraedd adre.

Roedd Lucy'n barod i fynd wrth i mi gyrraedd tŷ Mam-gu, a phrin gael cyfle i alw Helô ar Mam-gu ges i. Beth yw'r brys, gofynnais i Lucy, ac atebodd hithau'n hafaidd, fel pe na bai gaeaf wedi bod rhyngom yn y gwely y noson cynt, mai Sara a Mags oedd wedi'i ffonio o'r parc i ddweud bod y bechgyn yno ac am frysio i lawr yno, glou. Teimlais frath cyfarwydd nad oedd Mags a Sara wedi fy ffonio i, neu o leia anfon neges destun. Ond ystyriais yn ddigon call na fyddai fy mhresenoldeb i'n denu haid o fechgyn hanner cystal ag un Lucy, chwarae teg i bob cythraul.

Yn eistedd ar y swings roedd Mags a Sara yn gwisgo bobi sbectol haul er mwyn gallu edrych drwy lygaid slei ar y pedwar bachgen a led orweddai dros y bariau dringo fel pe baen nhw'r soffas mwyaf cyffyrddus yn y byd. Teimlais ffrwydrad fach o bili-palod yn fy mynwes wrth i mi sylwi ar Siôn Llwyd yno yn eu plith. Cyfarchodd Lucy nhw'n cŵl wrth fynd i gyfeiriad Mags a Sara, a saethodd y pedwar 'Hai' nôl ati. Gwenais, rhag baglu dros eiriau.

Un swing arall oedd 'na, ac fe eisteddodd Lucy ar honno. Eisteddais ar y gwair â nghefn at bostyn y swings. Am oddeutu ugain munud, fe fuon ni'n siarad rwtsh â'n gilydd gan fod y bechgyn yn rhy bell i allu clywed yn iawn beth a ddywedem, a chwerthin dan reolaeth. Am wn i fod y bechgyn yn gwneud yr un fath, gan gymryd arnyn nhw nad oedden nhw'n siarad amdanom ni – neu am Lucy, am mai am Lucy bydden nhw'n siarad fwya, doedd dim dwywaith am hynny.

Sylwais ar Deio'n codi, a cherdded tuag atom, a Siôn yn ei ddilyn (y dyn yn dilyn ei gysgod am newid) ac yna'r ddau arall hefyd yn nesu tuag atom. Llyncais fy mhoer. Lledodd gwên fel lleuad lawn dros wyneb Lucy. Eisteddodd Deio ar lin Mags ar y swing a dweud, Na, ddim digon cyffyrddus, a symud at lin Sara i wneud yr un peth. Byddai wedi symud ymlaen at lin Lucy, rwy'n eitha siŵr o hynny, ond fe achubodd un o'r lleill – Dylan Puw – y blaen arno, ac eisteddodd hwnnw ar lin Lucy. Aeth y llall, Euros Gwallt, i eistedd ar lin Mags nes gwneud iddi sgrechian yn wirion.

Daeth Siôn i eistedd wrth fy ymyl i, wedi colli'r ras cyn cychwyn.

Daliais fy hun yn teimlo ychydig bach yn drist wrth feddwl na chawn i wasgu 'Fel mae Nan yn ei ddweud' yn agos agos ata i yn y gwely y noson honno gan y byddai rhyw siom neu'i gilydd yn sicr o fod wedi chwalu'r geiriau erbyn hynny, siŵr dduw.

Dechreuodd y bantyr arferol, y tynnu coes a'r fflyrtio, a neb cweit cystal â Lucy am wneud hynny am y câi ei wneud yn ei mamiaith, yn wahanol i'r gweddill ohonon ni.

Wedyn, heb unrhyw rybudd, dyma Deio Jones, y diawl – na, y bastard! – yn chwerthin yn fudr a dweud wrth y lleill fod Siôn yn hoff o ferched bach brestiau gwastad ma'n rhaid, achos Edrychwch gyda phwy mae e'n eistedd, ac roedd e wedi ochri gyda Nan yn Cymraeg bore 'ma, felly rhaid bod e'n wir, ac ymlaen ac ymlaen, a finnau'n ceisio gwadu, a Siôn yn dweud dim, dim, dim ond troi ei wyneb, di-ddimpls nawr, i'r ochr fel pe bai e'n cuddio ei gywilydd, ac yn ceisio meddwl am rywbeth ffiaidd i'w ddweud amdanaf i.

Ond wnaeth e ddim. Ddywedodd e ddim byd ffiaidd. Wnaeth e ddim dweud dim byd, dim ond edrych ar Deio, a daeth y dimpls nôl i'w wyneb e. A ddywedodd e ddim byd wedyn chwaith, dim ond gadael i Deio ddal ati am sbel, fel aros i ffynnon sychu, a neb yn y diwedd yn gwneud fawr o sylw ohono. Hynny, yn y pen draw, a ddaeth â'r llifeiriant brwnt i ben.

Wedyn, ar ôl i Deio orffen, fe gododd Lucy, rhoi hwp fach i Dylan Puw o'r ffordd, a cherdded draw at Siôn a fi. Eisteddodd yn y canol rhyngom a dweud, Na, mae Deio'n anghywir, mae Siôn yn gwybod beth yw dynes go iawn. Plygodd i mewn i'w gesail, a throi ei choesau oddi tani, gan wneud i mi orfod symud draw i wneud lle iddi.

Gwnes hynny.

Wnes i ddim codi'n syth i'w gadael nhw: gadewais i rai munudau basio, cymaint â chwarter awr o bosib, cyn codi a dweud y byddai swper ar y bwrdd ac y gwelwn i nhw fory. Ffarweliodd Lucy â fi'n gynnes, 'Caru di, gyfnither', ond heb godi ei phen o gesail Siôn.

*

Adre, fe wnes i rywbeth nad oeddwn i wedi'i wneud er pan o'n i'n ferch fach: fe arllwysais y cyfan, yn gymysg â stremps trwyn a dagrau, ar fwrdd y gegin o flaen Mam. Diolch byth, roedd Dad wedi mynd ag Elis i'w ymarfer pêl-droed, felly fe gawson ni awr neu ddwy o wyntyllu a chynghori – does gan neb gyngor callach na Mam – ac o sychu dagrau, a gadael i amser dynnu'r coch o fy llygaid cyn i Dad ac Elis gyrraedd adre.

Erbyn iddi dynnu blewyn o wallt o fy llygaid am y tro olaf, roedd Mam wedi rhoi fy myd yn ei le unwaith eto. Roedd hi wedi fy ngwneud i'n ddoethach ac yn fwy goddefgar, yn llawn o faddeuant ac yn fwy ymwybodol o'r darlun llawn. Un felly yw Mam: mae hi'n gallu gwneud y byd yn lle gwell i fyw ynddo heb symud cam o'r gegin. Bwriais fy mol am Lucy, a wnaeth Mam ddim o fy ngheryddu o gwbwl am siarad yn ddilornus amdani, dim ond gwrando a chydymdeimlo. Gwyntyllais fy holl rwystredigaeth â'r ferch, ac â mi fy hun. Gwrandawodd Mam yn astud ac ar ôl i mi dewi, fe ddywedodd lawer wrthyf am natur cenfigen a rhyw bethau felly.

Gwnaeth swper i mi, yr un roeddwn i ei eisiau: nwdls. Gwnaeth baned iddi hi ei hun ac eistedd gyferbyn â fi yn gwenu tra bwytwn y nwdls, wedi magu stumog ar ôl cael gwared ar y dagrau i gyd.

Wedyn, fe gofiais fod Lucy'n cael ei phen-blwydd ymhen tridiau, ac nad oedd gen i syniad beth i'w gael iddi'n anrheg.

Gwenodd Mam ar y newid ynof rhwng casáu a charu, fel sy'n digwydd rhwng cyfnitherod, fel rhwng chwiorydd.

Ers blynyddoedd, byddai Mam yn rhoi arian i Lucy a Sam ar eu penblwyddi, ganddi hi a Dad ac Elis, a byddwn innau wedyn yn cael anrheg bach iddi o fy arian poced – rhywbeth bach arbennig gennyf fi. Byddai Lucy yn gwneud yr un peth i mi.

Am unwaith, roedd Mam yn gwybod yn union beth i'w

gael i Lucy eleni. Doeddwn i ddim mor siŵr pan glywais ei syniad, ond roedd hi'n bendant o'r farn y byddai'n anrheg perffaith.

*

Cawsom fynd yn ôl i'r un grwpiau trafod yn y wers Gymraeg y bore wedyn. Wnaeth Siôn na Deio ddim cynnig rhagor o wybodaeth am beth oedd wedi digwydd yn y parc y noson cynt wedi i mi adael. Ond gallwn dybio nad oedd llawer i'w ddweud. Roedd hi'n amlwg fod Deio wedi llyncu mul i ryw raddau am fod Lucy wedi dewis Siôn i fflyrtio ag e. A ninnau'n drindod anghyffyrddus, go fratiog oedd y drafodaeth er i'r athrawes geisio ysgogi trafodaeth fwy bywiog.

Erbyn y diwrnod canlynol roedd hi wedi ailddosbarthu'r grwpiau gan fy ngosod i a Sara a Dylan Puw yn grŵp gyda'n gilydd a Siôn mewn grŵp arall ym mhen draw'r ystafell ddosbarth.

*

Roeddwn yn dal yn amheus o syniad Mam am anrheg pen-blwydd i Lucy, ond cawn fy annog i fwrw ymlaen gan fy argyhoeddiad fod Mam yn aml yn gweld yn bellach na neb.

Ar y dydd Sadwrn roedd pen-blwydd Lucy y flwyddyn honno. Does dim yn brafiach na diwrnod cyfan o ddathlu heb wersi i ymyrryd na blas yr arferol i daflu ei gysgod dros ddiwrnod arbennig. Roeddwn i'n falch dros Lucy am hynny, ac am y ffaith y byddai ei rhieni'n cyrraedd i gael te parti bach dan arweiniad Mam-gu yn y prynhawn.

Penderfynais beidio â rhoi fy anrheg i Lucy o flaen pawb. Roedd Mam o'r farn y gallwn i, ac y dylwn i wneud hynny, ond roedd hi'n well gen i beidio â mentro cyn belled â hynny, a chadw'r peth rhwng Lucy a fi. Felly, pan alwodd Mam a fi heibio i dŷ Mam-gu ar y dydd Sadwrn, ar ôl rhoi croeso mawr i Linda a Pete, estynnodd Mam amlen i Lucy a gynhwysai'r papur ugain punt arferol, a'i gadael ar hynny. Rhwng cyfarch Linda a Pete a dweud pa mor dda oedd Anti Linda'n edrych fe aeth fy anrheg i i Lucy yn angof. Tynnodd Mam-gu gacen o'r ffwrn a gadael i Lucy a fi roi eisin menyn drosti. Estynnodd gannwyll 1 a channwyll 5 i'w gosod arni, a chanodd pawb Pen-blwydd Hapus. Roedd hi'n amlwg fod Lucy wrth ei bodd yn gweld ei rhieni ar ôl chwe wythnos gyfan, a mynnai eistedd wrth ymyl ei mam gan afael yn ei llaw.

Roedd Linda a Pete am aros tan y noson ganlynol, felly derbyniodd y ddau wydraid o win gan Mam-gu, a chyrhaeddodd Dad ac Elis o gêm bêl-droed Elis mewn pryd i yfed llwnc destun i Lucy, ac i Linda hefyd.

Tua hanner awr wedi pedwar, holodd Lucy a oeddwn i'n teimlo fel mynd am dro bach i'r parc. Doedd fawr o awydd arna i ar ôl y tro diwethaf rai nosweithiau yn gynt, a daliwn i gofio brad Lucy, er bod y rhannau mwy rhesymol ohonof yn gwybod nad dyna oedd e: wnes i erioed gyfaddef wrth Lucy cymaint o feddwl oedd gen i o Siôn wedi'r cyfan.

Ta beth, codais i'w dilyn: roedd gen i anrheg i'w roi iddi. Ces fy atgoffa o hynny gan Lucy ei hun ar y ffordd i'r parc. Atgoffodd fi ein bod ni'n arfer rhoi rhyw fanion i'n gilydd bob pen-blwydd.

Ces lyfr nodiadau wedi'i rwymo mewn clawr o ddefnydd ganddi y llynedd, i fi gael ysgrifennu barddoniaeth ynddo, meddai, gan hanner tynnu coes, 'Gan mai ti yw brêns y teulu', ychwanegodd. Y llynedd hefyd, fy anrheg i iddi hi oedd ffrâm siâp calon yn dal llun roedd Mam-gu wedi'i dynnu o Lucy a fi y Nadolig cynt, â'n breichiau am ein gilydd.

Gofynnodd Lucy a oedd yr arfer wedi dod i ben, ac ychwanegodd yn sydyn nad oedd ots ganddi o gwbl os oedd e.

Am eiliad, ystyriais ddweud ei fod e wedi dod i ben.

Ond clywais fy hun yn dweud, na, fod gen i anrheg iddi eleni eto, a gwenodd hithau'n llydan, wrth ei bodd.

Fe eisteddon ni ar y swings ac estynnais yr amlen o 'mhoced. Teimlwn fy ngheg yn sych. Difarwn ym mhob un o esgyrn fy nghorff fy mod wedi sôn amdano, a damio Mam yn fy mhen am awgrymu'r fath beth.

Estynnais yr amlen iddi â llaw grynedig.

Agorodd Lucy hi, a thynnu'r cerdyn bach roeddwn i wedi treulio oriau'n ei greu – llun ohoni hi a fi wedi'i lunio â siarcol. Roedd Lucy wrth ei bodd gydag e, a than deimlad. Cofleidiodd fi, a theimlwn fy hun yn crebachu o dan ei chyffyrddiad. Doedd hi ddim wedi dod at yr anrheg. Tu mewn roedd yr anrheg. Brawddeg o anrheg.

Agorodd Lucy y cerdyn.

'Fy annwyl gyfnither, o'r funud hon ymlaen, rwy'n mynd i dy helpu i ddysgu Cymraeg.'

Syllodd Lucy ar y geiriau'n ddiddeall a phrin y gallwn yngan y geiriau o gyfieithiad roeddwn i wedi'u troi drosodd a throsodd yn fy mhen ers llunio'r cerdyn y noson cynt.

Aeth dwy eiliad heibio, a chodais fy mhen i edrych ar ei hwyneb llawn syndod a fyddai, ymhen ennyd, yn torri allan yn ebychiad o ddiolch, yn ochenaid o wrthwynebiad blin, neu'n chwerthin gwatwarus.

Yr Eliffant yn y Siambr

Ar bnawn dydd Sul glawiog yn y Cynulliad –

nad oedd yn ddydd Sul, nac yn lawiog, bosib iawn, ond dyna oedd ei deimlad i Jessica yn aml. Yn *gallu* bod, yn bendant. Ac fel arfer, *roedd* hi'n brynhawn –

roedd Jessica wedi llusgo'r hwfyr y tu ôl iddi at y drws gerfydd ei wddw jiraff. Gobeithiai y byddai golwg dod i ben ar y siwtiau ac y câi orffen ei sifft yn gynnar a dychwelyd at Maia fymryn yn gynt: roedd gan y ferch brawf gwyddoniaeth fory.

Clustfeiniodd Jessica wrth y drws ond prin y clywai fwy na mwmian aneglur a olygai eu bod yn dal wrthi, er na rôi unrhyw awgrym iddi lle oedden nhw arni. Y drefn fel arfer oedd mai'r ddadl fer oedd y peth olaf ar yr agenda, a phrin iawn oedd y siwtiau a arhosai i wrando o gwrteisi (neu am eu bod wedi disgyn i gysgu efallai) ar y creadur bach a oedd yn cyflwyno'r ddadl fer. Rhyw dro bach yng nghwt y diwrnod, cau botwm cot y trafodion, dyna oedd y ddadl fer. Cyfle bach i'r mwyaf distadl o aelodau'r lle gael dweud ei ddweud ar ôl i bawb arall fynd adre. Pethau mwy personol, llai 'waw' oedd eu testun fel arfer, Cymru'r troednodiadau, neu bynciau cyffredinol na newidiai ddim ar ddim yn y pen draw ar wahân i wneud i'r sawl a siaradai deimlo ei fod wedi bwrw ei fol.

Ni allai Jessica ddweud ai dyma lle roedden nhw arni, neu os oedden nhw'n dal i fod yn cyflwyno'r prif ddadleuon. Gallai hynny olygu hanner awr arall a mwy, a hynny'n ei dro wedyn yn goferu drosodd i'r agen fach o amser tyn yn ei diwrnod rhwng dau fws.

Byddai Maia'n dod i ben yn iawn â'i gwyddoniaeth fory, pa

un a ddaliai ei mam y bws cyntaf ai peidio, fe wyddai Jessica hynny'n iawn. Eisiau dangos i'r ysgol newydd oedd hi ei bod hi'n gyfan gwbl o ddifrif ynghylch addysg ei merch, dyna i gyd. Gwyddai nad oedd angen iddi wneud, ond dyna oedd ei natur.

A gwyddai hefyd fod rhaid i rai gerdded yn bellach na'i gilydd cyn i eraill sylwi eu bod nhw yno hyd yn oed. Teimlai Jessica weithiau na ddôi'r cerdded byth i ben: dro arall, cofiai mai sydyn iawn yr âi amser Maia yn yr ysgol fawr heibio, a byddai hynny'n codi'r fath fraw arni fel na adawai iddi ei hun syrffedu ar ei hymdrech ddyddiol i gadw ei phen hi a Maia uwch y dŵr, i bedlo olwyn yr hamstyr, i halio'r maen melin ar ei hôl, neu ba bynnag drosiad Sisyffaidd arall a weddai.

Dôi, dôi Maia drwy ei phrawf gwyddoniaeth yn iawn hebddi, ond doedd Jessica erioed wedi bodloni ar 'iawn', ddim yn achos Maia. Gwyddai ei bod hi lawn cyn waethed â rhieni'r 4x4s a weithiai yn y Brifysgol neu'r Amgueddfa, mam Ffion, tad Elliw, mam Cadi… Gwyddai y bydden nhw, fel hithau, wrthi tan un ar ddeg heno yn gofalu am wyddoniaeth eu merched, yn gofyn i Ffion ac Elliw ddisgrifio'r system resbiradu, fel y byddai hi'n gofyn i Maia, ond mai bustachu ei ffordd drwy'r geiriau dieithr fyddai hi, nid eu parablu'n ddeallus fel y gwnâi mam Ffion, tad Elliw, mam Cadi.

Dylyfodd Jessica ei gên yn dawel gan dynhau esgyrn ei hwyneb a dal ei llaw at ei cheg rhag iddi wneud sŵn, er na fyddent yn debygol o'i chlywed. Dim ond eu mwmian oedd hi'n ei glywed drwy'r drws trwm. Pwysodd yn swrth yn erbyn y wal. Byddai dal y bws cyntaf yn dod ag amser gwely'n agosach.

Pwysodd wysg ei hochr at y drws i glustfeinio eto, a mentro agor y mymryn lleiaf arno. Gofalus, Jessica: dwyt ti ddim eisiau tarfu ar weithrediad y system, curiad calon y genedl. Llwyddodd i wthio swch yr hwfyr i gil y drws, yn lletem rhyngddo a'r ffrâm, i gael clywed curiad y galon yn well.

"Mae gennym gymaint i'w gynnig," meddai'r siwt penwyn

boliog, nid annhebyg i'r gweddill, yn Saesneg wrth gwrs. "Manteisio ar gyfleoedd, dyna sy'n rhaid i ni ei wneud."

Trwy gil y drws, gwelodd Jessica mai saith neu wyth o'r siwtiau oedd ar ôl yn y lle. Nid siwtiau oedden nhw i gyd wrth gwrs. Yn wir, roedd tair yn gwisgo ffrogiau. Ond roedden nhw hefyd yn foliog ac yn benwyn fel y siwtiau, a'r un siarad rownd y byd a Sir Fôn oedd yn perthyn i'r rheini hefyd. Siwtiog oedd anian pob un, felly fe weddai'r label, a thueddai Jessica i'w paentio i gyd â'r un brwsh. Roedd rhyw fwynhad yn hynny.

Doedd dim golwg gorffen arnyn nhw, ond roedden nhw o leia wedi cyrraedd y ddadl fer. Fe decstiai hi Maia i edrych dros ei gwyddoniaeth un waith yn rhagor cyn iddi gyrraedd adre i'w phrofi: wnâi hynny ddim drwg o gwbl i'r ferch.

Tynnodd ei ffôn o boced ei hofyrôl, a theipio neges heb fod yn ordalfyredig gan ei bod hi bob amser yn gwaredu at dalfyriadau eithafol negeseuon testun Maia.

Doedd hi erioed wedi bod yn rhiant goddefol, yn rhiant diog, ac roedd yr ysgol gynradd yn Nhreganna yn dal i gofio hynny, tybiai. Yng nghefn ei meddwl, llechai rhyw ofid bach na ddeuai'r ysgol newydd i sylweddoli pa mor o ddifri oedd hi yn ei hawydd i weld Maia'n cael y gorau, ac yn rhoi o'i gorau drwyddi hi: nid papur wal oedd Maia.

Chwarae teg iddi, doedd hi ddim wedi dangos unrhyw anfodlonrwydd ynghylch cael ei gwthio gan ei mam. Dôi hynny eto mae'n siŵr. Deuddeg oed oedd hi eto, heb gychwyn ar ei harddegau. Doedd Jessica ddim yn edrych ymlaen at y rheini.

"Mae gennym gyfoeth o dreftadaeth a thirweddau a gweithgareddau i'w cynnig i dwristiaid," clywodd Jessica.

Ie, siŵr, cofiodd Jessica: twristiaeth – dyna oedd testun y ddadl fer. Bob nos cyn dechrau ei diwrnod gwaith y pnawn wedyn, byddai'n edrych ar y we i weld beth oedd cynnwys y dadleuon er mwyn iddi allu barnu pryd y byddai'n cyrraedd adref y diwrnod canlynol. Roedd hi i fod i orffen am saith, ond os âi'r dadleuon yn eu blaen yn hwyr, byddai'n ddeg munud wedi saith arni'n dod i ben â'i dyletswyddau, a olygai ei bod yn colli ei bws pum munud wedi yn ôl i ganol y ddinas, gan olygu aros tan y dôi'r un pum munud ar hugain wedi, ac wedyn, fe gollai'r un pum munud ar hugain adre, a gorfod aros am yr un pum munud i wyth yn lle hynny, neu gerdded. Gallai gerdded o'r fan hon, ond prin gyrraedd adref cyn y bws hwyr a wnâi hi wedyn.

Rhywbeth ynglŷn â'r angen i Gymru werthu ei hun i'r byd, dyna oedd geiriad y ddadl fer, er na chofiai'n iawn. Doedd ganddi fawr o ddiddordeb beth oedd ei chynnwys, ond i'r rhain gadw at eu gair a'i chadw'n 'ddadl fer'. Tueddent i fynd ymlaen ac ymlaen ar yr un hen diwn, gan arllwys rhyw ychydig o hunanganmoliaeth, a phinsiad o feirniadaeth at y 'lleill' ym mhob cyfraniad. Pe baen nhw'n cadw at eu pwyntiau ac yn torri'r geiriau gwag diangen, fe lwydden nhw i wneud pedair gwaith y gwaith, am chwarter y gost. Pam na allen nhw sgwennu eu hen ddadleuon, eu hanfon nhw at ei gilydd i'w darllen, a sortio'r cwbl dros yr e-bost mewn dau funud? Hoff o glywed eu lleisiau eu hunain oedd y rhain.

Byddai Jessica'n gwrando weithiau, yn hwyr, hwyr yn y nos ar S4C ar y diwrnod yn y Cynulliad. Bob tro y byddai'n troi ato, câi wefr fach rhyngddi a hi ei hun wrth feddwl 'fan'na dwi'n gweithio', a chofiai hi'n dweud wrth ei theulu pan gafodd hi'r swydd bum mlynedd yn ôl, pan gaeodd Murphys, ei bod hi'n gweithio yn y Senedd. Senedd Cymru. Roedd ei mam wrth ei bodd – gallai unrhyw un dyngu mai Jessica oedd y prif weinidog. Ond tynnu ei choes a wnaeth Darren, ei brawd mawr, tynnu arni am fod yn falch o'r lle roedd hi'n gweithio, gofyn iddi oedd hi wedi prynu siwt. Un felly oedd Darren. Tynnu arni am mai nhw ill dau oedd y ddau agosaf o'r pump o blant. Dim ond gwenu a dweud 'neis iawn' a wnaeth Jodi, ond gwyddai Jessica ei bod hi'n eiddigeddus o'i chwaer fach go iawn, a hithau ond yn gweithio tu ôl i'r til yn Debenhams. Dyna oedd Jessica wedi'i wneud yn Murphys ac roedd hi wedi meddwl mai dyna fyddai hi'n ei wneud am byth, tan i Murphys gau, a'i gorfodi i ddod o hyd i waith arall.

Diolch byth bod Murphys wedi cau, meddyliodd Jessica.

"Mae gynnon ni gyfoeth i'w ddangos i dwristiaid o bob rhan o'r byd. Beth am i ni wneud hynny?"

Ara deg yn dod i'r pwynt oedd y rhain, meddyliodd Jessica. Fe fyddai Maia wedi hen droi at *Eastenders* neu *Bobol y Cwm* os na fyddai'n ofalus, a dim siâp ar yr adolygu. Dim ond am fod y rhain yn diodde o orarabedd, o ddolur rhydd geiriol.

"Mae gynnon ni injan weindio yn Nhrehopcyn, yr unig injan weindio sy'n dal i weithio yng Nghymru, meddyliwch. Bron yn gant a hanner oed. Dyna i chi ryfeddod. Rhaid i ni ei dangos i weddill y byd, ei thrysori uwchlaw pob dim a'i dangos. Dyna sut y gwerthwn ni Gymru. Dangos ein rhyfeddodau i weddill y byd."

Injan weindio. Pa fath o atyniad yw peth felly? Beth sy'n fwy diflas nag injan? Edrychodd Jessica i lawr ar yr hwfyr fel pe bai'n disgwyl i hwnnw ei hateb, i amddiffyn ei hun a'i gyd-beiriannau.

Roedd cael Maia i Blasmawr yn bwysig, yn holl bwysig. Dyna oedd bwriad Jessica wedi bod o'r cychwyn cyntaf, ar ôl yr holl flynyddoedd hapus yn yr ysgol gynradd Gymraeg. Er pan oedd y ferch yn bump oed, roedd llygaid ei mam ar Blasmawr, a'i dyfodol wedi'i fapio'n daclus nes y cyrhaeddai ei deunaw, a wedyn. Byddai Jessica wedi dwli mynd i un o'r ysgolion Cymraeg. Roedden nhw'n wahanol, yn llawn o gyffro, yn llawer mwy nag ysgolion rywsut yn y dyddiau cynnar ar ôl iddyn nhw agor. Nid nad oedd hi wedi hoffi ei dyddiau ysgol yn Nhremorfa. Yn fan'no y dysgodd hi'r pethau pwysig i gyd – heblaw'r gwersi ddysgodd hi adre nad oedden nhw'n teimlo fel gwersi ond yn fwy fel pregethau o geg ei mam. Gwersi bihafio oedd y rheini, nid gwersi a rôi betalau ar fywyd, fel a gâi gan Balbir drws nesa a ddysgodd iddi chwarae cân ar y dotar, neu Hassan drws nesa arall a ddangosodd iddi sut i ddal llygoden â phâr o deits neilon.

Yn Willows High y dysgodd hi werth amrywiaeth. Hardd yw amrywiaeth, yr amryw yn yr un. Y byd a'i wraig, i gyd yn yr un adeilad, dan yr un to, cymaint o wahanol gefndiroedd, ond Caerdydd bob un, pawb mewn un lle, yr un yn yr amryw, yr amryw yn yr un. Dyna pam roedd yn rhaid iddi gael Maia i ysgol Gymraeg. Dyna'r unig beth na chafodd hi ei ddysgu yn Willows High nac adref, ac roedd hi'n bwysig fod Maia yn ei gael: pam cau un llygad pan allwch chi agor y ddwy? Roedd Jessica wedi clywed digon o Gymraeg dros y blynyddoedd i wybod ei bod hi ei heisiau – nid iddi hi ei hun yn gymaint, ond i'w merch. I'r llechen lân, a allai ei dysgu'n iawn o'r dechrau un, y dudalen wen yn llawn o bob posibilrwydd.

Hoffai Jessica feddwl ei bod hi wedi meddwl y pethau hyn cyn i Maia gael ei geni. Hoffai feddwl mai dyma fyddai hi wedi'i ddymuno i'w phlentyn pe bai wedi'i genhedlu gan Balbir drws nesa neu Hassan y drws nesa arall. Hoffai feddwl mai i'r Welsh School, fel y mynnai Darren ei galw bob gafael, y byddai Maia wedi mynd hyd yn oed pe na bai ganddi dad yn fyfyriwr meddygaeth o'r enw Aled, un adeg bell yn ôl, a faglodd un noson feddw, gyda hithau, llithro drwmbwl drambal gyrff ymhleth, wysg eu pennau i 'drwbwl'.

Ac am drwbwl gogoneddus oedd e hefyd. Noson o haf oedd hi, a'r myfyrwyr mae'n rhaid, ar ben eu harholiadau, yn dod fesul clwmp i gyfeiriad y dref o ochr draw'r ddinas. Tafelli o sŵn, a photeli yn eu dwylo'n barod. Hoffai Jessica feddwl mai ei hatyniad at y Cymry a wnaeth iddi annog Trish a Koleen i'w dilyn i gwmni'r 'criw Cymraeg' yn y dafarn Awstralaidd.

Ond roedd e'n bishyn hefyd, yn union fel Maia (er yn olau, olau wrth gwrs gan mai haul Aberteifi a'i tyfodd e a'i hynafiaid). Yr un llygaid sy ganddyn nhw, a'r un siâp ceg, er mai tynnu at ei lliw hi mae Maia – ychydig bach yn llai tywyll ond ei chyrls hi sydd ar ei phen. Gobeithiai Jessica na fyddai Maia eisiau cael gwared ar y rheini wrth iddi dyfu. Doedd dim yn dristach na'r ffordd roedd rhai o'i ffrindiau'n mynnu sythu'r cyrliau, yn treulio oriau ar y fath orchwyl wirion, ddim ond i gael rhyw wallt dolïaidd cras, hyll, nad oedd yn dweud dim heblaw gwadu rhywbeth, rhyw fynd yn groes i harddwch amrywiaeth. Gwadu rhywbeth yn lle datgan. Bod yn ddim byd wrth geisio peidio â bod yn un peth. Rhyfedd sut mae'n well gan bobl fod yn ddim byd yn lle bod yn rhywbeth: roedd llawer o bobl felly yng Nghymru, ac nid pobl dywyllach eu crwyn, gyrliocach eu gwallt oedden nhw chwaith drwy eu trwch.

Tueddai un neu ddwy o'i ffrindiau i'w gweld hi'n od, yn ceisio tynnu'n groes i rywbeth oherwydd ei bod hi eisiau i Maia siarad Cymraeg. Yn un peth, doedden nhw ddim yn gwybod mai Cymro oedd tad Maia: dyna un gyfrinach na rannodd Jessica â neb, yn cynnwys tad Maia ei hun.

Câi Maia wybod pan fyddai Jessica'n barod i ddweud wrthi. Nid rhan o'i phregeth ynghylch atal cenhedlu a bod yn saff fyddai hi chwaith. Pregeth arall oedd honno – nad oedd ganddi ddim i'w wneud ag o ble y daeth Maia. Wnâi Jessica ddim newid pethau pe câi hi ddychwelyd filiwn o weithiau i'r bar Awstralaidd at Aled, yr unig noson y cafodd hi ei nabod: na, ni wnâi newid dim. Âi'n ôl gydag e i'w fflat yn Cathays eto ac eto ac eto, fe orweddai gydag e eto ac eto ac eto, tra byddai e'n siarad Cymraeg yn ei chlust a byddai'n cenhedlu Maia eto ac eto ac eto, bob un tro, o'r miliwn a mwy o droeon: ni newidiai ddim. Sut gallai hi, gan wybod mai Maia yw'r canlyniad gorau un a allai fod wedi digwydd iddi mewn unrhyw un o'r miliwn dewis?

Fe gusanodd e flaenau ei bysedd wrth iddi aros wrth y bar i gael sýrf. Cyfuniad perffaith o'r powld a'r meddw. Gallai deimlo ei wallt fel sidan yn cosi ei thalcen, a'i gusan ar flaenau ei bysedd nawr.

Edrychodd i lawr ar ei dwylo, wrth i rŵn y siwtiau barhau.

Roedd golwg digon anniben arnyn nhw heddiw, yn wahanol i fel roeddent wrth y bar, dair blynedd ar ddeg yn ôl. Fe wnaeth e iddi chwerthin, ac fe doddodd ei wên ei thu mewn yn llwyr. Gofynnodd y boi tu ôl i'r bar beth oedd hi moyn, a methodd Jessica ei ateb. Câi Trish a Koleen nôl eu diodydd eu hunain. Daliai Jessica i syllu ar Aled a'r sgwrs rhwng eu deubar o lygaid yn un gochach nag unrhyw eiriau y gallai'r naill neu'r llall eu hyngan. Ond yn orenach hefyd, oherwydd roedd 'na dynerwch ac anwyldeb y melyn yn gymysg â'r coch. Oren yw lliw y noson gydag Aled i Jessica ac oren yw ei hoff liw – gallai ddychmygu y byddai rhai o'u dyddiau wedi bod yn oren hefyd pe baen nhw wedi cael dyddiau gyda'i gilydd, ond nid yw Jessica'n gallu oedi'n rhy hir gyda'r meddwl hwnnw.

Weithiau mae perffeithrwydd yn dewis pobl i gynnig ei hun iddynt ar ffurf profiad unwaith mewn oes, a theimlai Jessica yn ferch freintiedig dros ben.

Fe ofynnodd nyrs iddi yn fuan ar ôl iddi eni Maia a oedd 'y tad' yn gwybod – dyna'r unig un a fentrodd ofyn. Roedd hi wedi cau pen y teulu drwy ddweud yn bendant nad oedd hi wedi dweud wrth 'y tad', nad oedd hi'n bwriadu dweud wrth 'y tad', mai gwyrth un noson oedd Maia, a dyna fe: doedd hi byth eto'n mynd i sôn am 'y tad'. Nid tan y byddai'r ferch fach yn ei breichiau yn ddigon hen i gael gwybod.

Ond pan ofynnodd y nyrs wedyn, a chael yr un ateb ag a gafodd ei theulu gan Jessica, fe sylweddolodd Jessica fod yna fwy o reswm dros beidio â chynnwys Aled.

Yn ei meddwl hi, fyddai Aled ddim balchach o wybod. Mistêc un noson. Baich. Dyna fyddai Jessica iddo. Gofid. Staen ar gynllun dilychwin ei fywyd. Dyna fyddai Jessica, a dyna fyddai Maia. I beth yr âi hi i daenu ei gorfoledd, ei llawenydd mawr gerbron rhywun a fyddai'n ei weld fel trychineb? Nid trychineb oedd Maia – rhodd oedd hi. Ni allai Jessica fentro colli'r perffeithrwydd roedd hi wedi bod mor ffodus â'i gael.

Ac yn nyfnder ei henaid, roedd Jessica eisiau Maia i gyd iddi hi ei hun.

"Mae gynnon ni ffynnon thermol yn Ffynnon Taf sy'n werth dod o ben draw'r byd i'w gweld," meddai'r llais yn y Siambr yn Saesneg o hyd.

"'Mae gynnon ni lestri yn Nantgarw," dechreuodd siwt arall a mynd ati i restru rhinweddau'r llestri.

Byddai'n dod yn amser gadael y tŷ'n gynnar yn y boreau eto cyn hir. Doedd Jessica ddim yn hapus yn meddwl am Maia'n cerdded i'r ysgol yn y tywyllwch. Gwell ganddi ddod yn barod yn gynt i fynd gyda hi. Golygai gerdded hanner awr cyn cyrraedd yr ysgol, a hanner awr arall yn ôl adre ar ôl danfon Maia, ond gallai fod yn waeth, meddyliodd Jessica. Clywsai am blant yn gorfod teithio am awr ar y bws i gael addysg yn iaith eu gwlad eu hunain. Beth oedd cerdded rhyw fymryn bach?

Yn yr ysgol fach, roedd y plant yn fwy lleol ar y cyfan a neb yn gorfod teithio'n bell iawn. Tueddai'r Cymry Cymraeg i fyw yn y tai mwy o faint yn yr ardal, a weithiau, teimlai Jessica nad oedden nhw'n ei chymryd hi o ddifri, nad oedden nhw'n llawn sylweddoli ei bod hi lawn mor bybyr ynghylch sicrhau mai Cymraes fach oedd Maia ag oedden nhw am eu plant eu hunain. Daliodd un neu ddwy o'r mamau dros y blynyddoedd yn siarad Saesneg â Maia, a phan geryddai Jessica nhw, cofiai iddyn nhw fynd yn amddiffynnol reit a dweud mai am ei bod hi, Jessica, yno o fewn clyw, y siaradon nhw Saesneg â Maia. Roedd Jessica'n amau hynny, a gwnaeth hi'n berffaith glir mai Cymraeg oedden nhw i siarad â Maia, hyd yn oed pe bai'r Pab ei hun yn bresennol. Ni fu gan yr un o'r mamau amheuaeth wedyn nad Cymraes go iawn oedd Maia.

Mae'n rhyfedd sut mae'r bobl neisa weithiau'n gweld lliw croen cyn clywed coflaid tafod.

Ni wnâi rhyw episodau bach felly ddim heblaw cryfhau penderfyniad Jessica. Sicrhaodd na châi Maia golli'r un perfformiad o bantomeim Cymraeg, na'r un gyngerdd na'r un ŵyl i lawr yn y Bae i ddathlu undydd o Gymreictod ar Ddydd Gŵyl Dewi. Cafodd Maia ymuno â'r Urdd a mynd ar bob un trip dewisol a gynigid gan yr ysgol neu'r Adran neu beth bynnag. Mater o ailflaenoriaethu'r gyllideb, fel y dywedai'r siwtiau, oedd pob dim yn y bôn. Talai bâr o esgidiau – dôi digon o gyfle eto i brynu pâr iddi hi ei hun – am aelodaeth yr Urdd a'r Adran; roedd deg punt yn llai ar fwyd a phethau'r tŷ bob wythnos am gyfnod yn aberth gwerth ei chyflawni er mwyn i Maia gael mynd i Langrannog. Wnâi Jessica ddim llwgu i farwolaeth. Ac roedd un neu ddwy o'r mamau 4x4 wedi bod yn dda iawn iddi, yn cario Maia i'r fan a'r fan gyda'u plant eu hunain, ac yn gwneud yn siŵr ei bod hi'n cael boliaid da o fwyd bob tro yr âi Maia i chwarae efo Alaw a Lili cyn ei dychwelyd adref, heb ddisgwyl i Jessica ddychwelyd y ffafr. Gwnâi hynny weithiau, pan oedd hi'n teimlo y gallai fforddio bwydo criw, a phan nad oedd angen iddi fynd i'w gwaith a gadael Maia yng ngofal ei mam neu Jodi.

Byddai'n werth yr ymdrech yn nes ymlaen, ac yn wir, pan wrandawai ar Maia'n siarad Cymraeg gyda'i ffrindiau ar y ffôn neu wrth yr ysgol, âi gwefr o foddhad drwy Jessica: gallai Maia fod yn ei melltithio hi, yn ei thynnu'n gareiau am a wyddai Jessica, ond y cyfan a âi drwy feddwl Jessica oedd: 'Fi nath hynna, fi roddodd hynna iddi. Fe wnes i job dda!'

"Meddyliwch am y golygfeydd," parhaodd siwt â'i bregeth ailadroddus. "Chewch chi mo'u gwell yn unman yn y byd. Sut mae gwerthu'r rhain? Rhaid i ni sôn am y Parciau. Sôn am y rhyfeddodau sydd gennym ni."

Gallai nifer ohonynt siarad Cymraeg, a byddent yn gwneud hynny weithiau yn y fan hon. Ond ddim bob amser. Roedd llawer o'r siwtiau wedi cyrraedd yno ar ôl chwydu'r iaith at bob enaid byw â phleidlais i ddangos eu bod nhw'n gallu, ond gallech dyngu nad oedd gair ohoni ganddyn nhw wrth wrando arnyn nhw yn y lle hwn. Ofn oedd ar rai, fe wyddai: ofn y caent eu brandio gan y rhai nad oedd ganddyn nhw ddim i'w ddweud wrth yr iaith. Ofn pobl fel hi, mae'n siŵr, a phe baen nhw ond yn torri gair â hi, fe gaen nhw wybod y gwir.

Doedd Jessica ddim yn deall. Pe bai pawb ofn ei siarad, pe bai hi ofn i Maia ei chael… dechreuodd feddwl cyn ei ladd: beth a wyddai hi? Doedd hi ddim yn siwt a doedd hi ddim yn gallu siarad Cymraeg.

Daeth atgof diwahoddiad i'w meddwl amdani hi ei hun yn yr ysgol fach, yn bedair neu'n bump oed. Ei ffrind gorau yno oedd Emily, doli fach bert o ferch, ac un diwrnod, doedd Emily ddim yn yr ysgol. Ar ei ffordd adre, a'i llaw yn llaw ei mam, roedd Jessica'n pasio'r tŷ lle roedd Emily'n byw pan welodd hi fod Emily yn sefyll yn y drws yn sugno lolipop mawr braf, un o'r rhai sbesial â hufen iâ yn ei ganol a'i gwnâi yn ddau beth ar yr un pryd, fel roedd ei mam yn ei ganiatáu weithiau'n bwdin ar ddydd Sul.

Aeth y fath don o genfigen drwy Jessica nes iddi adael llaw ei mam a rhedeg at Emily. Ceisiodd dynnu'r lolipop o'i llaw i'w ddifa, gan weiddi'n gas ar Emily am golli'r ysgol a hithau'n amlwg yn ddigon iach i sugno lolipop, ac fe gâi bryd o dafod gan Mr Simms y Prifathro y diwrnod wedyn pan fyddai Jessica'n dweud wrtho'i bod hi wedi gweld Emily'n sugno lolipop ar ôl dweud ei bod hi'n sâl a cholli diwrnod o ysgol.

Dychryn a siom oedd y gymysgedd a gofiai Jessica, wedyn, ar wyneb ei ffrind. Yn gymysg, fel Mivvi, yn ddau beth ar yr un pryd. A wnaeth Emily ddim ymladd nôl, gan mor sydyn oedd ymosodiad Jessica.

Disgynnodd y lolipop glatsh ar y pafin, a rhoi eiliad – eiliad fer – o fodlonrwydd i Jessica ei bod hi wedi adfer rhyw gyfiawnder.

Prin y cafodd gyfle i ryfeddu at y sbloetsh lliwgar yn y baw cyn i'w mam afael yn ei hysgwyddau a'i martsio oddi yno'n bytheirio. Cafodd fynd heb swper am yr unig dro yn ei bywyd.

Ond yn fwy na'r cerydd, y darlun a gofiai orau oedd y siom ar wyneb ei ffrind. Roedd hwnnw'n fyw iawn iddi hyd y dydd heddiw, er bod Emily wedi hen fynd i ffwrdd i rywle.

Codai'r atgof hwnnw gywilydd mawr ar Jessica o hyd, dros ddau ddegawd yn ddiweddarach. Ond tybiai mai lolipop Emily oedd y Gymraeg i lawer iawn o bobl.

"Fe gyfeirioch at rai rhyfeddodau. Llestri Nantgarw. Ffynnon thermol Ffynnon Taf. Injan Weindio Trehopcyn. Trên bach yr Wyddfa, Cregiau Penfro. Big Pit a Zip World. Rhaid i ni ddweud wrth y byd, mae'r rhain gennym, dowch i'w gweld."

Yn Saesneg o hyd, a neb yn baglu dros yr eliffant yn y Siambr.

Faint eto o hyn? Ydyn nhw am restru pob 'atyniad' yng Nghymru? Weithiau, mae Jessica yn synnu pa mor ddi-glem yw'r siwtiau. Weithiau, dydyn nhw ddim fel pe baen nhw'n gweld beth sydd o dan eu trwynau. Mae rhywun yn siŵr o lanio ar yr hyn sy'n amlwg yn y munud, meddyliodd Jessica, un o'r siwtiau peniog hyn. Mae 'na rywun yn siŵr o gyfeirio at yr eliffant.

Eliffant hardd yw e hefyd, heb fawr o lwyd yn perthyn iddo. Eliffant sy'n llawn o holl liwiau'r byd. Er nad yw hi'n deall, gall Jessica glywed hynny ar lais Maia pan mae hi'n siarad â'i ffrindiau. Mae Jessica'n dwli eu cael nhw draw i'r tŷ ddim ond er mwyn clywed y lliwiau ar eu lleisiau.

Un diwrnod, mae Jessica'n meddwl, fe gaf i amser i wneud ymdrech iawn i ddysgu, Mae gen i dipyn yn barod, drwy Maia, ond un diwrnod cyn i Maia gael plant, fe fydda i a hi'n siarad Cymraeg â'n gilydd.

"...a Roald Dahl. Dyna i chi eicon o Gymro. Mae e i fyny yno gyda Richard Burton, a Gareth Edwards yn oriel y Cymru anfarwol. Fel Dylan Thomas. Pa well Cymry na'r rhain?"

Fe soniodd mam Hannah y dydd o'r blaen am Israel – mae hi'n hannu o deulu Iddewig – a'r llefydd sydd ganddyn nhw i ddysgu Hebraeg, gan ddenu cannoedd o filoedd o bobl o bob cwr o'r byd i ddysgu'r iaith. Roedd mam Hannah wedi bod yno flynyddoedd lawer yn ôl, yn dysgu ei hun. Cannoedd o filoedd o bobl yn tyrru i ddysgu iaith, gwersylloedd ym mhob man. Ymwelwyr o ben draw'r byd. Diddordeb gwirioneddol. Rhyfeddod rhywbeth byw. Dawns ogoneddus ei ffurfiau.

"Fe allen ni gael arddangosfa Roald Dahl! Meddyliwch cymaint o atyniad fyddai honno!"

Mae rhywun yn siŵr o gyfeirio at yr eliffant, meddyliodd Jessica: awn ni ddim o 'ma nes iddyn nhw gyrraedd yr eliffant.

Aethai hi a Maia ar wyliau unwaith, i Iwerddon. Mynd yno ar y trên i Abergwaun ac ar y fferi i Rosslare a bws wedyn ar draws Iwerddon i Galway. Dewis Iwerddon i Maia gael clywed sŵn iaith arall wahanol eto, yn hytrach na'r gymysgedd arferol o Somali, Urdu, Bengali a Saesneg adre. Iaith debycach i'r Gymraeg, iaith gwlad ei hunan yn hytrach na iaith gwlad arall gartre mewn pocedi fel pe bai'r ieithoedd ar eu gwyliau o'u cartrefi eu hunain.

Roedd gweld arwyddion mewn iaith arall yn llenwi Jessica â chyffro, a Maia'n chwerthin ar ei phen wrth iddi geisio cael ei thafod rownd Taisheall go mhall, er na allai Maia ei hun, a oedd yn ddeg ar y pryd, wneud yn ddim gwell. Ond roedd y geiriau dieithr yn cadarnhau eu bod nhw yn rhywle GWAHANOL, mewn gwlad ddieithr, yr amrywiaeth lawn lliw, y ddwy lygaid ar agor, yr eliffant amryliw…

Chlywon nhw fawr o Wyddeleg dros y tri diwrnod y buon nhw yn Galway ond bob tro y digwyddai, cofiai Jessica'r un wefr a âi drwyddi pan safai y tu ôl i gownter Murphys wrth glywed llais yn gofyn:

'Mami gewn ni fynd gitre,' 'Gad i fi ofyn os o's gyda nhw size sixteen.' a 'Hanner awr fach arall Royston, 'na i gyd wy'n erfyn.'

Cofiai ysu am gael dangos iddyn nhw ei bod hi'n gallu dweud 'diolch' neu 'alla i helpu?' yn Gymraeg hefyd, ond feiddiai hi ddim: fyddai hi ddim yn gallu dweud rhagor na hynny wrthyn nhw. Gallai gyfri ar un llaw sawl awr o Gymraeg call a gafodd yn Willows High.

Doedd y cloc mawr ddim i'w weld drwy gil y drws, ond roedd llygaid y siwtiau arno mae'n amlwg. Twtient eu desgiau'n barod i adael.

Gafaelodd Jessica'n dynnach yn ei hwfyr.

"Mae'n holl bwysig ein bod ni'n gwerthu'r hyn sy gennym, yn dweud wrth y byd – edrychwch ar y fath gyfoeth…"

Mynyddoedd. Ffynhonnau. Trenau. Pyllau glo. Roedd y siwt yn cloi: "Fe ddaw pobl o bellafion byd i weld y pethau hyn."

Creigiau. Caeau rygbi. Trenau. Pyllau glo. A chlywed – corau meibion?

Pam nad ydyn nhw'n cofio amdani Hi, meddyliodd Jessica, pam nad ydyn nhw'n deall? Mae hi'n fil a hanner oed, ac eto mae hi'n fyw! Yn fwy na hynny, mae hi'n ifanc hefyd, mae hi'n gweithio i Maia a'i ffrindiau fel y gweithiodd hi i'r bobl 'ny fil a hanner o flynyddoedd yn ôl. Mor hen, ac yn dal i fyw heddiw, *dyna* i chi ryfeddod, mor fyw ag erioed – bron, ta beth – ac yn ffitio ar wefusau yn Sir Fôn ac yn Sblot, ac yn llawn lliw. Fe fyddai pobl ym mhen draw'r byd wrth eu boddau'n ei chlywed, yn ei gwerthfawrogi, yn dod i weld lle mae hi'n perthyn, yn rhyfeddu at arwyddion, fe fyddai pobl ym mhen draw'r byd wrth eu boddau'n dod i wybod ei bod hi'n bodoli.

Os yw'r siwtiau yn y Siambr, curiad calon y genedl, wedi anghofio amdani, pa obaith i neb arall gofio?

Mae ar Jessica flys sydyn mynd i mewn atyn nhw, i'r cylch yn y canol, a'u hannerch nhw, dweud wrthyn nhw, 'hei, rydych chi wedi anghofio rhywbeth!', y pwynt gwerthu pwysica i gyd, yr un fydd yn gwneud i bobl yn America a Japan oedi dros eu catalogau o lefydd gwahanol i fynd ar wyliau, i bwyllo a dweud, hei, mae hon yn wlad wahanol, mae ganddi ei hiaith ei hun, mae'n llawn o wersylloedd a gwestai iaith, a chyrsiau i'w dysgu hi, mae popeth yno yn ei hiaith ei hun, ac mae pawb yn siarad eu hiaith eu hun. Wyddwn i ddim ei bod hi'n wlad wahanol o'r blaen ond 'drychwch!

DRYCHWCH!

Mae ganddi iaith sy'n fyw yn wahanol i injans weindio'r pyllau glo a ffynnon Ffynnon Taf, ac maen nhw mor falch ohoni, yn ei charu hi cymaint, er mor fawr yw iaith y wlad drws nesa iddi, mae'n rhaid i ni fynd i'w gweld, i'w chlywed, i ddysgu tamaid ohoni, rhaid i ni fynd yno, rhaid i ni fynd yno

yn fwy o atyniad na morfilod a theigrod gwyn, a llawer iawn iawn hŷn – Ust! gwrandewch! Mae hi'n dal i anadlu!

Ond mae'r siwtiau'n dod allan o'r Siambr wrth i Jessica feddwl am hyn. Mae'n agor y drws a symud yr hwfyr i wneud lle iddyn nhw basio. Dywed un neu ddau 'helô' fel y gwnânt bob dydd. Caiff nod gan un neu ddau arall, a bydd sawl un yn ei hanwybyddu fel y gwnânt bob dydd. Daw'r Prif Siwt allan, yn patio'i bocedi fel pe bai e wedi anghofio rhywbeth.

Câi Jessica ddal y bws cynnar a mynd adre i brofi gwyddoniaeth Maia yn Gymraeg, ond iddi fod yn weddol sydyn.

Teimlodd wayw er hynny wrth feddwl eu bod nhw wedi dod oddi yno'n rhy sydyn. Wedi siarad rownd y byd a Sir Fôn am dwristiaeth heb gyfeirio at yr eliffant lliwgar hardd yn llawn o gof a doethineb.

Ond beth wn i, meddylia Jessica wrth ailgasglu gwddw'r hwfyr i'w dwylo. Dim ond glanhawraig ydw i.

Ac i mewn â hi i hwfro ar eu holau.

Lawntie

LAWN CYMAINT Â bloeddio, fe wyddai Jim y Lawntie fod peidio ag yngan fawr ddim yn gallu gwneud i chi golli eich llais hefyd. Fe gofiai nad oedd llais o gwbl gydag e pan atebodd e'r ffôn ar fore dydd Iau, y pymthegfed o Orffennaf dwy fil a deg, a dweud wrth Beryl Morris:

"Ma'i wedi mynd, Beryl. Sdim syniad 'da fi lle ma'i."

a'i fod e wedi gorfod ailadrodd ei neges gan fod y frawddeg wedi mynd ar goll rhwng gwichiad neu ddwy, ac anadl wag, y tro cynta.

Doedd Jim byth yn ateb y ffôn fel arfer ac fe gafodd Beryl Morris gryn dipyn o sioc yn clywed llais dyn ar yr ochr arall i'r lein, a mwy o sioc fyth pan ddeallodd hi – yn y diwedd – gynnwys neges Jim.

Pan ffoniodd Beryl wedyn ymhen deuddydd i weld a oedd Lora bellach yn ôl yn Lawntie fel roedd hi i fod, fe gafodd hi'r holl hanes trist gan Jim. Fe ddwedodd nad oedd e wedi gweld Lora ers tridiau, ei fod e wedi codi fore dydd Llun heb i Lora alw arno fe, a meddwl 'na beth od' a mynd lawr stâr, a whilo'r tŷ, ond doedd dim golwg o Lora yn Lawntie, na'r tu fas i Lawntie, yn unman.

Roedd e wedi ffonio'r polîs, ac wedi cael gair gyda rhyw ddynes fach 'itha neis' yn yr orsaf yn Rhyd-y-foel, a wir, fe halodd hi gwnstabl a sarjant – Lady-sergeant – mas i'w holi fe'n bellach, ac roedd e wedi dweud popeth wrth y ddau, popeth perthnasol 'te, ac roedden nhw wedi treial ei gysuro fe y dôi Lora nôl, ei bod hi'n siŵr o ddod i'r golwg yn rhywle.

Roedd e wedi dweud wrthyn nhw pa mor hapus oedd y ddau ohonyn nhw, yn briod ers deugain a dwy o flynyddoedd ac wedi hala deugain o'r rheini yn Lawntie, tŷ mawr o'r cyfnod Edwardaidd ar gyrion y dref a adawyd iddynt ar ôl hen fodryb i Lora.

"Y tŷ 'da'r lawntie taclus," meddai'r Lady-sergeant, "sdim rhyfedd i chi alw fe'n Lawntie."

"*The Lawns* oedd e cyn i ni byrnu fe," eglurodd Jim, "ond fe fynnodd Lora ei newid e i Lawntie, whare teg iddi," ac yn y fan hon, mygodd Jim ochenaid fach yn ei lwnc cyn iddi ddod allan yn iawn. Ond fe sylwodd y Lady-sergeant mae'n rhaid, achos fe ddododd hi ei llaw ar ei war mewn cydymdeimlad.

Wrth iddyn nhw holi'n drylwyrach, roedd Jim wedi gorfod cyfadde yn y diwedd nad oedd Lora'n ddynes hapus, wedi'r cwbwl, pe bai'n rhaid dewis rhwng ei disgrifio fel dynes hapus neu ddynes nad oedd yn hapus. Nid ei bod hi'n anhapus, eglurodd: roedd 'anfodlon' yn fwy agos ati nag 'anhapus', a gadawodd iddyn nhw ddod i'w casgliadau eu hunain ynglŷn â hynny.

Rhyw lun o ategu hyn wnaeth Beryl Morris a sawl un arall o'i chydnabod pan aeth yr heddlu i ofyn cwestiwn bach neu ddau iddynt hwythau. Cofient sut roedd Lora'n arfer dweud, yn gyson, mai mynd wnelai hi, wir, pe bai hi'n cael hanner cyfle, mynd â gadael y cwbwl lot. A feddyliodd neb mai mynd a gadael Jim am nad oedd e'n fawr o ŵr, yn llai fyth o gwmni ac yn werth dim o gwbwl fel dyn oedd hi'n ei feddwl – yn llythrennol felly. Na, feddyliodd neb fod Lora'n dweud calon y gwir nes i galon y gwir amlygu'i hunan ar ffurf bwlch lle y bu, achos doedd menywod parchus o'i statws hi byth yn gadael eu gwŷr.

Er bygwth codi ei phac, roedd Lora wedi coluro'u bywydau yn lled dda ar y cyfan, a pha wraig sy ddim yn difrïo ei gŵr yn ei gefn? Fel uniondeb y lawnt, roedd eu priodas yn gwenu'n braf – os dwtsh yn eironig – ar y byd y tu allan, nes bod ei 'hanner cyfle, a welech chi ddim o liw'n bechingalw i' yn ennyn chwerthin gan bawb a'i clywai.

Rhyw gemau felly mae pawb ohonon ni'n ffond o'u chwarae, on'te fe? 'O! On'd yw hi'n wa'l arna i'n briod 'da hwn/hon?' Mae'n rhyfedd, on'd yw hi, y modd ry'n ni'n clywed y geiriau a mynnu rhoi'r ystyr cwbl groes iddyn nhw.

"Oes 'na arwyddion 'i bod hi wedi mynd â phethe gyda hi?" holodd y Cwnstabl bach siarp nad oedd yn edrych yn ddigon hen i fod wedi gadael yr ysgol.

"Wy ddim wedi edrych," meddai Jim, a phlygu'i ben i gwato'i ddagrau. "Sda fi mo'r galon. Ond ma croeso i chi whilo," meddai. "Croeso i chi fynd i edrych i weld."

Ac fe aeth y Cwnstabl bach siarp lan stâr i edrych drwy'r ystafelloedd a'r cypyrddau i weld a ddôi o hyd i fag llaw neu basbort neu frwsh dannedd – neu hyd yn oed smotiau gwaed rhwng craciau teils, o dan y mat, ar gynfasau, achos doedd hyd yn oed pensiynwyr bach moel pum troedfedd pum modfedd ddim yn mynd i daflu llwch i'w lygaid e, ac yntau ar drothwy gyrfa hir, lewyrchus gyda Dyfed-Powys.

Ond ddaeth e ddim o hyd i ôl gwaed a bu'n rhaid iddo fe ddod i ofyn i Jim fynd lan gydag e wedyn i weld oedd rhai o ddillad Lora ar goll.

Fe gadarnhaodd Jim yn bruddglwyfus ei fod e'n meddwl bod ei chardigan ddu hi a'i ffrog las lewys byr hi ar goll, ond allai e ddim tyngu mai dyna oedd hi'n ei wisgo y noson cyn iddi ddiflannu.

"Shwt whiloch chi mas 'i bod hi ar goll 'te?" holodd y Lady-sergeant.

Byddai Lora'n ei alw'n blygeiniol am saith o'i hystafell wely hi. 'Te!' fyddai hi'n ei weiddi, 'Mae'n bum munud wedi saith, a sa i'n gweld dished o de!'

Chynigodd Jim ddim union eiriad yr hyn y byddai Lora'n ei

alw arno bob bore, a wnaeth y Lady-sergeant a'r cwnstabl bach ifanc siarp ddim gofyn.

Fe gafodd Jim *lie-in* ar fore dydd Llun yr ail ar bymtheg o Orffennaf dwy fil a deg, ddau ddiwrnod wedi i Lora ddiflannu, am y tro cyntaf yn ei fywyd priodasol.

*

Cyn iddo fe ymddeol, athro oedd Jim. Athro bioleg. Roedd e wrth ei fodd yng nghwmni plant. Rhei plant 'te – roedd y rhei anystywallt, y rhei heb rithyn o ddiddordeb mewn bioleg, y tu hwnt iddo fe, ac fe fyddai rheini wedi peri cryn dipyn o ofid iddo fe oni bai bod pennaeth yr adran wyddoniaeth yn yr ysgol wedi sylweddoli flynyddoedd lawer yn ôl cystal athro oedd Jim i ddisgyblion oedd yn dangos y tamaid lleiaf o awydd gwneud rhywfaint o ymdrech yn y pwnc. Roedd e'n llwyddo i apelio at eu dychymyg nhw, yn priodi ffeithiau moel bioleg â'r hyn a welent ac a glywent am y byd go iawn o'u cwmpas ac yn y newyddion. Soniai am y grefft o ddadansoddi olion bysedd wrth ddysgu am fioleg celloedd, ac am wyddoniaeth fforensig wrth drafod DNA; soniai am glefydau roedden nhw wedi clywed sôn amdanyn nhw wrth drafod firysau a bacteria, soniai am y ddadl rhwng crefydd ac esblygiad ymhell cyn i Richard Dawkins a'r lleill wneud y ddadl yn ffasiynol.

Roedd gan Jim ffordd dawel ddigyffro o wneud i chi fod eisiau gwrando, yn lle cael eich gorfodi i wrando drwy weiddi. Fe sicrhaodd y pennaeth adran, chwarae teg iddo fe, a'r un ar ei ôl, drwy ffrydio gofalus a chreu dosbarthiadau'n ddoeth, na fyddai'n rhaid i Jim ddysgu'r rebels gwaetha.

Ychydig iawn o'r staff oedd ar ôl pan ymddeolodd Jim a gofiai ddigwyddiad ar ddechrau'r wythdegau pan fu bron i Jim â rhoi'r gorau i ddysgu pan dynnodd ryw hwligan rai modfeddi'n dalach na Jim gyllell allan o'i satshel a'i phwyntio i gyfeiriad ei athro bioleg wedi i hwnnw ofyn iddo fe enwi rhannau o flodyn.

Fe lwyddodd y pennaeth adran i gael yr hwligan i bwyllo yn gynta, a darbwyllo Jim wedyn, pan oedd hwnnw'n casglu ei stwff yn yr ystafell athrawon i adael yr ysgol a gadael ei swydd. Yn y pen draw, aeth yr hwligan i ysgol arall a daliodd Jim ati i ddysgu am dri degawd arall.

Gwyddai Jim, serch hynny, y byddai'n gywirach dweud mai Lora a'i perswadiodd i fynd yn ôl i'r ysgol y bore wedi'r digwyddiad gyda'r hwligan a'i gyllell, ac os cofiai Jim yn iawn, roedd min ei thafod hi'n waeth na'r min ar lafn cyllell yr hwligan. Roedd e wedi disgwyl cydymdeimlad ac aeth sbel fach heibio cyn iddo sylweddoli fod y siom o beidio â'i gael wedi peri rhyw lithrad bach rhyngddyn nhw.

Wnaeth Jim ddim gofyn i'r un disgybl wedyn restru rhannau blodau: rhyw bethau digon diflas oedd blodau beth bynnag o'u cymharu â chreaduriaid a chnawd.

*

Pan alwodd yr heddlu yr eilwaith 'i gael pip ar y tŷ', roedden nhw'n llawer mwy trwyadl. Fe aeth Jim ati i wneud cwpaneidiau o de – yn wir, fe fynnodd wneud, am na allai 'ishte'n llonydd' eglurodd wrth y Lady-sergeant, ac fe ddangosodd ei fod e'n deall yn iawn fod yn rhaid iddyn nhw fod yn berffaith drylwyr gyda'u hymchwiliadau, er mwyn gallu ei ddiystyru fe o'u hamheuon. Doedd dim ots gydag e cyhyd â'u bod nhw'n gwneud ymholiadau ar hyd a lled y wlad ac roedden nhw: roedd dau blismon wedi bod yn holi cefnder i Lora yn Wolverhampton: dim byd, 'hen geg oedd hi'; a chyfyrderes yn y Bermo: 'dynes ffeind, Cymraes i'r carn, er na chwrddis i mohoni fwy na dwywaith dair slawar dydd'.

Roedden nhw wedi gallu cadarnhau diflaniad ei bag, ei phasport a'i thabledi pwysau gwaed, ei brwsh dannedd a'i cholur, pentwr o ddillad isa, cot, ymbarél, dau bâr o sgidiau, ffôn symudol, hoff frwsh gwallt, sawl dilledyn (er na allai Jim gadarnhau beth yn union – ei gŵr hi oedd e wedi'r cyfan, onid e, nid meistres ei gwisgoedd!).

Dechreuodd y Lady-sergeant ofyn cwestiynau gryn dipyn yn fwy personol a darllenodd Jim rhwng y llinellau mai Beryl oedd wedi awgrymu bod Lora'n 'rhwystredig' ac nad oedd Jim i'w weld yn rhoi 'chim-bo', yr hyn oedd gwŷr, 'chim-bo' i fod i'w roi i'w gwragedd. (Dychmygu'r 'chim-bos' oedd Jim: câi drafferth meddwl am Beryl yn 'galw Twm ar ei thad' fel petai).

Gofalodd Jim gwympo ar ei fai ac awgrymu, yn hytrach na dweud, nad oedd e wedi'i eni â chynyrfiadau normal fel creaduriaid eraill ac nad oedd e'n un i deimlo'r angen rywsut, ac fe ddangosodd y Lady-sergeant yr hanner cydymdeimlad, hanner beirniadaeth y gofynnai ei gyfaddefiad awgrymedig amdano drwy symud ymlaen at faes ymholi arall.

I helpu pethau i symud, cofiodd Jim sôn wrth basio wrth y ddau blismon mai cyfrif ar y cyd oedd gydag e a Lora, a'i fod e wedi cael taliad yswiriant go fawr yn ddiweddar – saith mil o bunnoedd yn wir – ac efallai byddai hynny'n arwain at ryw oleuni…

Ni fu'r Cwnstabl bach siarp fawr o dro yn holi yn y banc, a deall, fod Lora wedi tynnu arian o'r cyfrif ar y cyd ar ei cherdyn hi chwe diwrnod cyn i Jim eu ffonio i ddweud ei bod hi ar goll. Cadarnhaodd y banc yn Rhyd-y-foel ei bod hi wedi bod yno, a bod Rhiannon Pritchard wrth y cownter wedi'i hadnabod am ei bod hi'n gyd-aelod o'r cwmni drama amatur roedd Lora wedi'i sefydlu bedair blynedd yn gynt, a bod Lora, wir, wedi dweud wrthi, "Meddyla beth allen i neud 'da saith mil o bunne! Gallen 'i baglu hi o 'ma a wele neb liw 'y me-ti'n-galw i byth 'to!" Ac roedd Rhiannon a Lora wedi chwerthin fel pwll y môr.

Buan iawn y daeth yr holi i ben yn gyfan gwbl.

Gadawodd y Lady-sergeant a'r Cwnstabl i Jim fwrw ymlaen

â'i fywyd ar ei ben ei hun. Dianc oedd y farn answyddogol, er i'r achos barhau ar agor: fe ddihangodd Lora rhag gŵr di-fflach, diemosiwn hyd yn oed, a digariad, i chwilio am y sbarcs a'r serch yn rhywle arall, dyn a ŵyr ble.

"Trueni na ddihangodd hi flynydde'n ôl fel oedd hi'n bygwth," meddai'r Lady-sergeant wrth y Cwnstabl bach siarp wrth y llyw yn y car ar y ffordd yn ôl i'r orsaf ar ddechrau mis Awst dwy fil a deg. "Fe fydden i wedi hen fynd i whilo am bach o rympi-pympis, galla i fentro gweud wrthot ti."

Ni ddywedodd y Cwnstabl bach siarp ddim, gan nad dyna ei faes e.

"*Emotional impotence*," meddai'r Lady-sergeant wedyn, i roi stamp awdurdod y Saesneg ar ei dyfarniad.

*

Am gyfnod bychan iawn, fe gafodd ei blasu. Cofiai'r dyddiau cynnar pan gâi dynnu ei wefusau dros rannau ohoni nad oedd e prin wedi'u gweld, a mentro â'i dafod wedyn. Doedd hi ddim y mwyaf lluniaidd o blant dynion, ond roedd hi'n ddynes, a chorff dynes oedd ganddi. Sut na allai ond teimlo gwefr pan âi i'w chwmni? Yn y dyddiau hynny, roedd ei gwynt hi'n ddymunol hefyd, gwynt dynes, gwynt sebon a sent, a da o beth efallai i'w allu i wynto bylu dros y blynyddoedd fel nad oedd y gwynt mwy atgas a ddeuai ohoni, fel y bydd o gyrff sy'n heneiddio, amharu ar gylchoedd arferiad o ddydd i ddydd.

Fe briododd e'n rhy sydyn. Fe wyddai hynny o fewn dyddiau i wneud, fel mae sawl un yn tueddu gwneud. Ond roedd rhyw gysur mewn rhannu tŷ â hi, gymaint ag unrhyw hi. Ac wrth iddo ddod i wybod ei le, daeth pethau'n haws ar un ystyr: y camddealltwriaethau a'r gobaith gwag, nid 'gwybod eich lle' sy'n esgor ar ludded terfynol.

Ond fe wyddai mai'r adeg y tynnodd yr hwligan y gyllell allan a'i chodi yn ei erbyn y dechreuodd pethau fynd o chwith go iawn. Torrodd rhywbeth ym meddwl Jim y diwrnod hwnnw – ac nid yn unig yn ei feddwl chwaith. Mae e'n tyngu mai dyna a'i gwnaeth yn ddiffrwyth.

Wrth ei briodi, rhoddasai Lora ei chalon ar blanta a mowldio'r genhedlaeth nesa ar ei delw ei hun, fel y bydd pobl yn ei wneud. Doedd hi ddim y person hawdda yn y byd i glosio ati a hithau mor brysur yn cadw'r genedl ar ei thraed hyd yn oed yn y dyddiau hynny, ond cyn digwyddiad y gyllell, roedd 'na obaith y dôi plant i lenwi'r bylchau rhwng adran a phwyllgor a phractis côr.

Diffrwyth – neu ddiawydd. Yr un effaith oedd i'r ddau. Ar ôl blwyddyn o fethu â thrïo, awgrymodd Jim y gwnâi les iddyn nhw gael cyfnod ar wahân. Er ei mwyn hi lawn cymaint ag er ei fwyn e.

"Falle dylen ni ga'l cyfnod ar wahân," meddai wrthi ar ôl nosweithiau ar ddi-hun yn ceisio magu plwc.

Wnaeth hi ddim ateb, dim ond cymryd ei eiriau, eu clywed, a'u llyncu. Fe eisteddodd hi ar y geiriau, fe gysgodd hi arnyn nhw, a'r diwrnod wedyn, fe gadwodd hi nhw, a'u treulio nhw, a'u tylino nhw, a'r diwrnod wedyn, fe wnaeth hi'r un peth, a'r diwrnod wedyn a'r diwrnod wedyn nes bod Jim bron â mynd o'i go yn meddwl – beth nawr? Ydw i fod i fynd? Ydw i fod i aros, neu beth?

Wedyn, fe basiodd y dyddiau a'r blynyddoedd, ac yn raddol, heb i Jim sylwi bron roedd hi wedi dechrau magu blas cynyddol at arwain cymdeithasau a phwyllgorau ei hardal, nes i'w bywyd fynd yn rhy brysur iddyn nhw allu meddwl am gynnal rhyw fath o fywyd rhyngddynt ill dau. Bwriodd Lora i'w gorchwylion mewn pwyllgorau yn frwd am eu bod yn llenwi rhyw wacter, fel dŵr i dwll, a'i adael e yno i ddala slac yn dynn, fel petai. Ac fe dyfodd y blynyddoedd fel drain amdano.

Arfer oedd gelyn pennaf Jim a'i gyfaill pennaf hefyd ar yr un pryd, yr hyn a'i galluogodd i gadw i ddal ati. Yr arfer o wneud yn ôl gorchymyn Lora – Cer! 'Stynna! Sym! Shiffta! A'r lawnt – ma isie neud y lawnt!

A mas ag e, fel y gwnâi'n wythnosol ddefodol i dorri'r lawntiau o flaen Lawntie. Roedd tu blaen y tŷ i'w weld o'r ffordd fawr, a doedd Lora ddim am adael i'r blewyn lleia dyfu o'i le. Roedd hi wedi gofalu bod gan Jim bob twlsyn a greodd y Bod Mawr – a Black and Decker – ar gyfer tyfu, trin, torri, trwsio, tocio, tacluso lawntiau, ac aml i ddiwrnod, fe welai'r sawl a ddigwyddai edrych drwy'r coed wrth basio ar y ffordd fawr Jim lawr ar ei benliniau yn torri rhyw laswelltyn mwy eofn na'i gilydd â siswrn ar linell syth y border â'r dreif.

Yr arfer hefyd o fynd â the iddi yn y gwely am saith bob bore; yr arfer o olchi'r dillad bob dydd Llun a phob dydd Iau, eu sychu dros nos a'u smwddio a'u cadw bob dydd Mawrth a phob dydd Gwener; o hwfro lan stâr ar ddyddiau Mercher a lawr stâr ar ddyddiau Sul; o siopa bwyd bob dydd Sadwrn; yr arfer o ddechrau coginio swper am chwarter i bump i fod ar y ford am hanner awr wedi chwech yn brydlon, er mwyn i Lora gael bod yn barod at ba bynnag achos a'i denai o'r tŷ y noson honno.

Yr holl arferion a ffurfiai batrwm ei fywyd a wnaeth y degawdau'n bosib. O un flwyddyn i'r llall, o un pwyllgor, cyfarfod, steddfod, etholiad i'r llall, yn ôl ei gorchymyn. Doedd dim ysbryd yn Jim i ymladd â hwnnw. Câi fynd i'r ysgol i wneud yr hyn roedd e wedi'i eni i wneud ac roedd hynny'n ddigon.

Roedd pum mlynedd wedi mynd heibio ers iddo ymddeol pan ddiflannodd Lora. Pum mlynedd hir a beichus. Roedden nhw wedi dweud yn ddrwg ar Jim er na fyddai neb wedi gallu dweud wrth edrych arno nac wrth siarad ag ef. Mae bob amser wedi taro Jim yn rhyfedd cymaint mae wynebau'n gallu ei guddio.

Allai Jim ddim dweud pam nad adawodd e ta beth yn y dyddiau cynnar. Lora oedd piau'r siarad yn eu perthynas nhw, a gyda'r siarad oedd y gwneud yn y dyddiau hynny. Fe fethodd yngan y geiriau 'dwi'n mynd' wedyn, dim ond cau ei anniddigrwydd gyda hi fel crawn, neu fel caead sosban ar wenynen.

A Lora? Wel, fel y gwelai Jim bethau, i beth yr âi Lora i hel ei phac a morwyn fach ei hun ganddi gatre yn Lawntie? Roedd iddo ei ddefnydd, 'yn doedd e? Ac fe gâi fod yn offeryn iddi gael gwyntyllu ei rhwystredigaethau lu â phob snichyn o bwyllgorddyn neu bwyllgorddynes a feiddiai anghydweld â'i ffordd hi, ei chynllun hi i achub yr iaith a chynnal y genedl; ei holl anniddigrwydd tuag at yr wynebau ar y teledu a'r lleisiau ar y radio a gynrychiolai bob dim a oedd o'i le ar Gymru heddiw, a saethai ei dichell yn bicellau ato fe, ac yntau'n ddiwedwst fel postyn. Fel unrhyw fam, roedd hi'n llewes wrth warchod ei hepil, ei hachos, ei chenadwri, a gwae'r sawl a'i croesai.

Efallai mai cenfigen oedd y drwg. Cafodd Lora'i phlant ar ffurf agenda a rhaglen, cylch gorchwyl a chyfansoddiad a roddodd hi ddim cyfle i Jim fod yn rhan o'u magu.

Ar wahân i'r un tro pan benderfynodd ei gynnwys yn nhrefniadau'r Eisteddfod Genedlaethol wrth i honno ymweld â'r fro, a mynnu fod Jim yn dod yn aelod o'r Pwyllgor Stiwardiaid. A wir, fe fwynhaodd Jim y cyfnod hwnnw, a byddai Lora yn ymroi i wneud swper ar y troeon pan fyddai ganddo fe bwyllgor a dim un ganddi hi, na fyddai'n digwydd yn amal.

"Ma ishe dangos cefnogeth," meddai Lora, ac yntau heb leisio unrhyw wrthwynebiad i'w chais, ond fel 'na roedd Lora, roedd yn rhaid iddi adrodd ei phregeth ta beth.

"Mater o ddyletswydd yw e, mater o sefyll dros egwyddor."

Fentrodd Jim ddim dadlau nad oedd e cweit yn deall sut roedd dweud wrth yrwyr ceir lle i fynd yn 'fater o egwyddor' ac yn bendant, doedd e ddim am ddadlau sut roedd hi'n gwybod mai ei 'mater o egwyddor' hi oedd ei 'fater o egwyddor' e (doedd e ddim yn siŵr nad oedd ei un e yn otomatig wedi impio ar ei hun hi bellach ta beth, ac wedi peidio â bodoli fel cysyniad ar ei ben ei hun, rywbeth yn debyg i'w ewyllys).

*

Nid fel 'na'n gwmws oedd pobol eraill yn ei gweld hi. Yn yr wythnosau wedi iddi fynd, daliodd Jim ei hun yn sychu deigryn wrth glywed am y golled 'i'r fro' a'r bwlch fyddai Lora'n ei adael ar ei hôl, yn union fel pe bai hi wedi marw. Roedd Beryl yn flin pan glywai hi bobol yn siarad felly, a byddai'n eu hatgoffa'n dragywydd nad wedi marw oedd Lora. Ond fel yr âi'r wythnosau heibio, bu'n rhaid iddi hithau hefyd gyfaddef nad oedd hi'n edrych yn debyg y dôi Lora adre, a bod y bwlch ar ei hôl, yn wir, yn un mawr.

Mae'n bosib nad oedd Jim wedi sylweddoli go iawn faint o waith y byddai Lora'n ei wneud dros eraill, a chymaint ei chariad at ei chymuned a'i bro, a chlywodd rywun ar y radio yn sôn am 'straen dal ati, fel mae achos yr annwyl Lora Powell, Rhyd-y-foel, yn ei ddangos, dynes a roddodd ei hoes i'r pethe'. Daliodd Jim ei hun yn cytuno, a dechrau ei gweld hi drwy lygaid pawb arall yn hytrach na thrwy ei lygaid ei hun. Prin fod neb wedi gwneud cymaint dros ei hardal a'i chenedl.

Ond wedyn, fe gymerodd Jim ddracht o ddŵr a chydnabod fod hadau diflaniad Lora wedi'u hau dros ddeugain mlynedd bron, 14,031 bore o ddihuno i'w gwaedd – 'Te!'

*

Pan ymddeolodd, gan newid y patrwm, a'i amddifadu o'i ddysgu, fe ddaeth cynllun i feddwl Jim, un y gallai fforddio ei daenu dros flynyddoedd gan nad oedd modd i'r cynllun fethu, dim ond gwahanol fersiynau o ennill.

Mater o ddewis yr amser oedd y peth cyntaf. Roedd angen wythnos heb na phwyllgor na chyfarfod, ac i'r perwyl hwnnw, roedd canol mis Gorffennaf cystal adeg â'r un. Byddai blwyddyn y cymdeithasau a'r clybiau wedi dod i ben, a phythefnos dda tan Steddfod.

Wedyn, câi rai dyddiau i roi ei gynllun ar y gweill cyn y dôi neb i fusnesu.

Fel digwyddodd hi, fe ddaeth Beryl Morris ar y ffôn a holi am Lora ddiwrnod neu ddau yn gynt nag y byddai Jim wedi'i obeithio'n ddelfrydol, ond doedd hynny ddim yn gatastroffi chwaith. Ddydd Llun y dwedodd e wrth Beryl ei bod hi ar goll 'ers y bore', ond ddydd Sadwrn y diflannodd Lora mewn gwirionedd. Ac erbyn dydd Llun, roedd hi'n bell ar y ffordd i ddiflannu'n llwyr.

"Cer i neud rhwbeth am yr ardd gefen 'co," fyddai Lora'n ei ddweud o bryd i'w gilydd, er mai'r lawntiau blaen oedd ei phrif gonsyrn gan taw'r rheini oedd i'w gweld o'r ffordd. Byddai Jim wedi setlo'n rhy gyffyrddus yn ei gadair o flaen y teledu ac wedi dechrau anghofio'i hun mewn rhyw raglen neu'i gilydd, ac fe gofiai Lora am yr ardd gefn.

Roedd cryn dipyn o dir yno, a choed aeddfed tuag at y clawdd pellaf. Doedd dim llawer y gallai ei wneud yno, yr ochr draw i'r llwybr a arweiniai o gwmpas y tŷ, a'r border bach o lwyni rhwng y llwybr a'r coed, ond roedd Lora wedi dechau cael syniad yn ei phen y gallai dorri ambell goeden er mwyn ei thresho'n fân i'w gosod o dan rai o'r coed talach, yn lle'r drysni oedd yno.

"Wy'n moyn galler mynd dan y coed," cwynai, "sdim posib mynd 'na nawr, ma gormod o ffrwcs 'na," ac erbyn mis Gorffennaf, roedd e wedi hen benderfynu ufuddhau i'r gorchymyn hwnnw.

Roedd e eisoes wedi torri dwy goeden, ac wedi eu thresho'n ddwy domen dal o risgl mân yn barod i'w daenu.

Ni chyneuwyd digon o amheuaeth ym meddyliau'r Lady-sergeant a'r Cwnstabl bach siarp i ddod â chŵn i Lawntie, nac i wneud profion DNA ar gynnwys yr ardd. Fisoedd yn ôl, pan greodd y tomenni rhisgl, roedd Jim wedi gofalu ei gymysgu â thail ceffyl rhag i drwynau cŵn yr heddlu ddechrau sniffian, a chyn hynny wedyn, cyn bod tomenni o gwbl, roedd e wedi gosod piben rai modfeddi o dan y ddaear cyn ail orchuddio'r tir â dail a sbwrielach coed, rhwng y threshyr a'r man lle tyfodd y tomenni wedyn.

*

Ar ddydd Gwener y deuddegfed o Orffennaf (bedwar diwrnod cyn i Beryl ffonio gynta), roedd Jim wrthi'n plygu dillad o'r sychwr pan ddaeth Lora i'r gegin i chwilio am ddiod o ddŵr.

"Ma rwbeth yn glos ynddi," meddai hi wrtho wrth lowcio o'r gwydr. "Ti moyn help 'da rheina?"

Gadawodd Jim iddi afael yng nghornel un o'r cynfasau gwely yn y fasged, a phlygodd y ddau nes cwrdd yn y canol.

"Ma difidend wedi dod drwodd," meddai Jim wrthi wrth gymryd y gynfas. "Saith mil."

"O 'na neis," meddai Lora, ac fel y gwyddai Jim y byddai'n ei ddweud, "ma'n hen bryd i ni newid y car."

Soniodd Jim wrthi fod Bryn Garej Foel wedi crybwyll bod gydag e Volvo dwyflwydd oed *top of the range* gyda fawr mwy na deg mil ar y cloc. Gyda'u car nhw, a saith mil o bunnau, *cash-in-hand* wrth gwrs, byddai'r Volvo yn eu meddiant ddechrau'r wythnos.

"Pam yr hast?" holodd Lora.

"Pam oedi?" holodd Jim.

"Ma digon o dryst yn Bryn," ystyriodd Lora wedyn. "Mae e'n aelod o'r côr."

Gofynnodd Jim iddi daro i'r banc yn y bore, ar ei ffordd i wneud ei gwallt, a chytunodd. Un hoff o Volvos oedd Lora.

"O, Jim!" meddai Lora, ar ôl iddyn nhw blygu'r cynfasau i gyd. "Wy'n gwbod nag wy'n 'i ddangos e, ond -"

"Hisht nawr!" chwyrnodd Jim i'w rhwystro rhag yngan gair arall nad oedd e am ei glywed.

Ac fe aeth Lora i'r dref ar fore dydd Sadwrn y trydydd ar ddeg o Orffennaf, i wneud ei gwallt, ac i dynnu saith mil o bunnau allan o'r banc. Daeth adre i geisio cymell Jim i fynd â hi ar unwaith i garej Bryn Foel, ond roedd Jim allan yn garddio. Galwodd arni o'r ardd gefn i ddod i weld yr holl risgl roedd e wedi bod yn ei thresho ers dyddiau lawer.

"Ie, ie, wy'n 'i weld e o man 'yn," gwaeddodd Lora nôl arno'n ddiamynedd drwy ffenest y gegin.

"Dere mas i ti ga'l 'i weld e'n iawn," mynnodd Jim, ac os oedd hi'n rhyfeddu at y ffordd roedd y ci bach yn mynnu mwy o sylw na'r arfer, wnaeth hynny ddim o'i rhwystro hi rhag gwneud yn ôl ei orchymyn e am unwaith (sylwodd Jim ar hynny, mai hi a ufuddhaodd iddo fe yn y diwedd un).

"Beth 'yt ti moyn? Medal?" ebychodd, er bod Jim yn gallu gweld ei bod hi'n rhyfeddu at ei ddycnwch yn ddiweddar: roedd e wedi bod wrthi ers dyddiau'n bwydo'r coed i'r threshyr.

Gofalodd mai cefn y rhaw oedd yn taro'i phen: doedd e ddim eisiau gwaed mewn man lle nad oedd ei angen, ac roedd perygl iddi waedu ar y llwybr. Gofalodd roi ei holl egni y tu ôl i'r taro fel mai dim ond unwaith fyddai angen gwneud.

Aeth Lora i lawr ar unwaith, a llusgodd Jim hi lawr at y threshyr.

Wedyn, aeth ati'n ofalus – bron na allech ei alw'n gariadus – i astudio pob rhan o Lora, fesul un, gan ddefnyddio'i declynnau gardd i dorri'r rhannau, un wrth un. Fe astudiodd ei dwylo, un gynta, wedyn y llall, a'i thraed, ei chlustiau, ei bochau, ei bronnau a bochau ei phen ôl yn yr un modd, un gynta, wedyn y llall.

A bwydo pob un o'r darnau drwy'r threshyr gyda darnau o goed, cyn golchi'r cyfan i lawr y biben o dan y domen. Fe gymerodd rai oriau iddo, a chofiodd fynd i'r tŷ i estyn rhai o'i dillad, yn enwedig ei dillad isaf, a'i bag (gan gofio tynnu'r papurau hanner can punt a wnâi iddo fochio'n iach allan ohono) a'i brwsh gwallt gorau, a'i phasbort, a'i brwsh dannedd a'u bwydo'n gariadus i'r threshyr.

Wedyn, gofalodd gario padelli o ddŵr i olchi'r man lle bu'n gweithio yn dda, a rhofio pridd, a dail wedyn drosto, cyn gosod y threshyr ar ei ben, ac ar ben y biben, a'r dail dros y ddaear, yn ôl fel y bu.

Bob yn damaid bach – a dyddiau wedi i'r heddlu adael Lawntie am y tro olaf – cafodd Lora ei dymuniad, a chael mynd o dan y coed lle roedd y ffrwcs wedi bod. Aeth y rhisgl i'w le o dan y llwyni, o dan y coed, ac edrychai'n ddigon o ryfeddod.

*

Sylwodd Beryl ddim fod Jim wedi gosod y rhisgl pan ddaeth hi heibio ddwy neu dair wythnos yn ddiweddarach â chaserol iddo. Fuodd neb arall yn agos: beth mae rhywun yn ei ddweud wrth ddyn mae ei wraig e wedi'i adael ar ôl bron i ddeugain mlynedd o briodas?

Roedd wedi bod â ffeiliau'r pwyllgor hwn a'r llall draw at is gadeiryddion y pwyllgorau hynny a'r lleill, a bellach roedd sawl un o'r ardal wedi codi'r ffôn i gydymdeimlo ag ef a lleisio'u sioc fod y fath bresenoldeb â Lora yn absennol yn sydyn reit. Daeth un neu ddau yn agos at ddagrau, ond ni fynegodd neb ryfeddod fod Lora wedi cyflawni'r bygythiad smala roedd hi wedi'i leisio cymaint o weithiau dros yr holl flynyddoedd.

Daliodd Jim ei hun yn rhyfeddu eto at y modd mae hadau ein dinistr yn deillio ohonom ni'n hunain bob amser yn y pen draw.

Gosododd Beryl y ddysgl gaserol ar y ford, ac eistedd heb gael gwahoddiad gan Jim.

"Gallwch chi ddodi fe yn y freezer," eglurodd yn gymwynasgar.

Diolchodd Jim iddi eto, a meddwl beth arall allai fod gan Beryl i'w ddweud wrtho. Doedd ganddo fe ddim byd i'w ddweud wrthi hi, yn bendant.

"Wedodd hi wrtha i unweth na fydde hi wedi gallu neud dim byd hebddoch chi," meddai Beryl.

"Do fe?" Ni allod guddio ei syndod.

Nodiodd Beryl. "O'dd hi'n dibynnu'n llwyr arnoch chi," aeth yn ei blaen. "Achos fe effeithiodd beth ddigwyddodd ar y ddou 'no chi."

"Beth ddigwyddodd…" meddai Jim heb ymddangos fel pe bai'n gofyn cwestiwn.

"Ie… chi'n gwbod…" Llyncodd Beryl boer. "Ffili ca'l plant. Ma lot fowr o bobol yn ffili siarad ambitu fe. Ond o'dd hi'n gweud wrtha i gymint o feddwl oedd gyda hi ohonoch chi, yn dal i fod 'na iddi, yn diodde'i ffyrdd bach hi…"

Gadawodd Jim iddi fwrw ei bol. Syllodd ar y ffoil ar y caserol yn lle gorfod edrych ar Beryl. Ceisiodd wneud i'w hun feddwl caserol beth oedd e, yn hytrach na gorfod meddwl beth roedd Beryl yn ei ddweud. Lasagne fyddai'n neis.

"O'dd hi'n meddwl y byd 'no chi drwy'r cwbwl lot," meddai Beryl.

"Wedodd hi 'ny?" holodd Jim gan droi i syllu arni mewn syndod.

"O do," meddai Beryl, "rhwnt y llinelle."

*

Aeth tair blynedd heibio fel dŵr o dap. Ac ers tair blynedd roedd e wedi cadw rhan ohoni. Y rhan bwysicaf ym meddwl Jim. Fe'i cadwodd yn y rhewgell, mewn ffrâm a wnaeth o ddarn o bren o un o'r coed yn y cefn. Ar y pen-blwydd – y trydydd ar ddeg o Orffennaf – estynnodd y ffrâm o ben draw'r rhewgell (doedd y ffrâm ddim yno pan fu'r heddlu'n trwyna dros yr wythnos gynta wedi i Lora fynd: roedd y darn o Lora a oedd ar ôl i mewn yn y bocs ffish ffingyrs bryd hynny, a dim ond wedyn y cafodd ei ddyrchafu'n ddarn o gelfyddyd drwy osod ffrâm o'i amgylch).

Cawsai Jim dair blynedd dda. Fe deithiodd, fe welodd lawer, a dod yn ôl i Lawntie yn fodlonach ei fyd bob tro. Gwnaeth ffrindiau mewn mannau pell, lle roedd e'n rhywun arall, a dychwelyd i Lawntie pan oedd e eisiau llonydd i fod ar ei ben ei hun. Mwynheai hynny hefyd yn ei dro, yn ogystal â'r ffaith mai fe oedd piau penderfynu. Dihunai bob bore yn feistr ar ei fywyd ei hun, a diolchai bob dydd am hynny.

Wythnos yn ôl, roedd y doctor wedi cadarnhau mai gwaethygu a wnâi ei olwg gydag amser ac nad oedd fawr ddim y gallai Jim ei wneud am y peth. Yn y pen draw, rhaid fyddai llithro'n raddol i dywyllwch parhaol. Eisoes, roedd Jim wedi trefnu'r cartref y byddai'n gadael Lawntie i fynd iddo cyn pen y mis – lle bach digon dymunol ymhell o Lawntie – ac roedd rhan go fawr ohono'n edrych ymlaen at gael gofal gan rywun arall. Roedd e wedi pasio oed yr addewid, a doedd neb erioed wedi rhedeg drosto fe: teimlai fod ganddo hawl i ddisgwyl hynny bellach. Byddai gofyn gwerthu Lawntie wrth gwrs, ond câi hynny ddod ar ôl y symud. Fyddai'r tŷ ddim ar y farchnad yn hir, roedd e'n reit ffyddiog o hynny.

Un orchwyl roedd e wedi dal ati i'w chyflawni wedi i Lora fynd oedd cadw'r lawntiau'n daclus. Bob tro y dychwelai o ben draw byd, treuliai oriau'n eu perffeithio unwaith eto. Ni allai ddweud yr un peth am yr ardd gefn, lle roedd y ffrwcs wedi hen dyfu nôl dros y rhisgl o dan y coed.

A heno, roedd e am orffen y bagiaid o ffa yn y rhewgell a choginio darn o gig blasus i fynd gyda nhw.

Cododd y ffrâm ac edrych ar y ffurf galed, y cnawd pinc o dan y rhew.

Cofiodd y llifeiriant. Fel pe bai bywyd yn dibynnu ar lenwi pob amser a lle â sain geiriau a phroc ei phregeth, clywodd eto ei llais diddiwedd yn ailadrodd anerchiadau a chynnwys pwyllgorau gan gamgymryd fod mudandod ar ei ran yn dynodi parodrwydd i glywed; fe'i clywodd yn ymarfer areithiau ac yn dadlau â'i chysgod; clywodd eto yr holl huodledd parablus a lenwai ei ben yn barhaol, a chlecian ei cherydd iddo ef ac i'r byd yn ddiwahân; a'i mynnu a'i chwyno, geiriau'n gorlifo, cytseiniaid yn erlid cytseiniaid ansoniarus, llafariaid yn chwyddo'n floeddiadau nes bod ei ben yn sgrechian.

A chofiodd hefyd y gollyngdod i'r llonyddwch a'r tawelwch fel carthen amdano wedi holl archollion picellau'r sŵn.

Heno, roedd e'n mynd i gael blasu Lora, a chael rhywbeth na chawsai ers amser maith.

Pryd o dafod.

Yma

WBAFF AM SLOT Meithrin stalwm hefo'r Martin Geraint tedi bêr 'na, mond hefo wisgyrs mowr orenj fatha Sion Corn marmalêd, 'na be oedd y freuddwyd gesh i, 'na gyd dwi'n gofio, fatha tasa gin i satyleit telifishyn yn 'y mhen yn chwara hen dapia stalwm yn'o fo pan dwi'n cysgu. Be ffwc 'di hynna?

Dwi'n codi ag wrth neud dwi'n sgrynsho'r freuddwyd fyny fel 'na a'i thaflyd hi i'r bin yn 'y mrên i lle ma'r holl freuddwyds erill i gyd yn ffestro. Dwi'n gwisgo dichada ddoe ar ben 'y nhrôns wsos yma i – jins fi, crys Werfon fi efo geiria Robert Emmet arno fo Ireland unfree shall never be at peace, gesh i'n siop British Heart yn dre, er bo gogladd Werfon 'di hen roid gif yp ar drio cael rhyddid yn ôl be dwi'n weld. Neu ella na stopio neud boms ma'n nhw, sy ddim 'run fath, fi sa'r cynta i gyfadda, nenwedig gin mai give peace a chance drosd llun John Lennon sy ar T-shyrt arall fi.

Eniwe, ar ôl gwisgo, dwi'n mynd lawr grisia gan gofio bagio drosd Y Gath fatha ma Lori'n ddeud am y gath (na, dwi DDIM yn sicsti, cath 'di hi ddim blydi giaman, be 'di'r larc 'ma am bobol Gnafron?) nes gneud iddi sgrechian, neu be bynnag ma cathod yn neud – ddim deud miaw, dduda i hynny, oedd o'n debycach i iaaaaaaaaaaaaaai gyddfol rwla rhwn deryn a neidar.

Esh i nôl i neud 'run peth eto mond er mwyn 'i chlwad hi eto, a nath hynny neud i'r gotsan dew 'i sgarpo hi do, a Lori'n gweifi fatha banshi drw drws 'g'lonydd i'r blwmin gath 'na', bron yn yr un llais â'r gath.

Esh allan drw drws a'i slamio fo ar yn ôl i atab Lori cofn iddi feddwl mai ffigment o'n i. Ma gin Lori lond pen o ffigments am bod mai'n jynci, yn mynd ar sbid o ddau gan milltir yr awr ers chwe chan mlynedd ag yn edrach fatha tasa hi'n ddwy fil oed er na mond fforti tw ydi hi go iawn yn earth terms chwadal yr hogan o'r Gwas. Cymd.

Gair da 'di chwadal, neud fi feddwl am Wil Cwac Cwac am bodo fatha chwadan am wn i. A dwi'n cofio'n sydyn reit na cyflwyno Wil Cwac Cwac oedd Martin Geraint yn 'y mreuddwyd i, mond bod o'n mynnu deud Wil Ffac Ffac a Sali Mali, y Cynhyrchydd, yn deud wrtho fo na châi o regi a fynta'n Fab i Dduw. Ond oedd Martin Geraint yn dal i ddeud Ffac Ffac fatha sa fo'm yn medru peidio. A dwi'n dallt hynny. Oedd Mam arfar tyngu wrth bobol ddiarth bod twrets arna i am bo fi'n rhegi gimint. Ond ga'l o gynni hi o'n i, gotsan flin.

Fatha Lori. Dwi'n trio peidio mynd i gega efo Lori'n amal am na hi sy'n byw lawr grisia a fedra hi flocio drws ffrynt tasa na dân yn digwydd yn 'i fflat hi, fatha allsa ddigwydd ddigon hawdd wrth iddi gynna bong off yr hob a hitha'n hongian fatha ma'i o foragwyntan-nos, a nadal i fi basho, a myta i fatha barbyciw, achos bod hi hen ddigon nyts.

Eniwe, me fi eto. Gorish i drws ffrynt ar holl ogonedda Twthill.

Os dwi'n troi mhen nainti digrîs yn drws ffrynt a sbio fyny, fedra i weld twr eglwys y Catholics, sy'n rhyw fath o fiw siŵr gin i. Ddim pawb sgyn eglwys ar garrag 'u drws ffrynt. Raid mynd i Landwrog i ga'l un o rheini, neu rw bentra arall sgyn eglwys. Ond ma raifi ddeud bod Synt Helens yn eglwys ddel a styriad bod hi mewn built up area. Fuish i fewn ynddi unwaith beth cynta'n bora ar ôl i sesh noson cynt ferwi drosof i bora, ag oeddan nhw wrthi, am chwech yn siarad Lladin hefo'i gilydd am bod mai Catholics ydan nhw, chwara teg, fatha bobol Werfon, a ma heiny'n rhydd, nath neud i fi feddwl tasa raid i ni ga'l crefydd, a dwi'm yn deud o gwbwl y dylian ni, ond na Catholics ddylian ninna fod.

A wedyn ma'n nhw'n gul, gul, gul tydyn? Ddalltish i ddim tan i Bob Ceillia ddeutha fi'n Black Boy, yn casáu homos a genod a condoms, ag yn gadal i pregethwrs nhw bygro hogia bach ar rallors yn bobman yn byd.

Dwi byth yn siŵr pan dwi'n codi'n bora prun ai Catholic ta aetheist dwi am fod heddiw. Dwi'n sbio fyny a gweld os fedra i weld Mair yn edrach lawr arna fi o un o'r ffenestri rhyfadd 'na sy mewn eglwysi a byth yn nunlla arall blaw llyfra pysls lliwio-fesul-rhifa-i-weld-be-ddaw-'na. Sa'm golwg rhy bethma arni bore ma dwi'n deutha fi'n hun, felly dwi am fod yn aetheist heddiw. Dwi'n codi tw ffingars arni felly, yn lle bawd.

Dwi'n clirio nhrwyn yn swnllyd nes neud i ddynas drws nesa droi'i thrwyn hi a mynd nôl i mewn i tŷ, a dwi'n cael cegiad o fflem i frecwast, efo blas y garlic-mayo McDonalds gesh i i swpar neithiwr yn dal arno fo. Dwi'n myfyrio be i neud, ta llyncu ta pwyri, ond dwi'n teimlo'n glên wrth bobol stryd-ni hefiw, wedyn dwi'n llyncu yn lle. Llai o waith prun bynnag.

A sôn am waith, dwi'n trio wyndro tua faint o gloch 'di, a dwi'n gweld Sonia-lawr-lôn lawr lôn a dwi'n gweifi arni,

"Hei Sonia, faint o gloch 'di?"

Mai'n edrach arna fi fatha taswn i 'di gofyn iddi be oedd enw gwraig y Pab.

"Be dwi, cloc?"

"Ia," me fi. "Sbia ar dy ffôn. Gin bawb ffôn."

"Oes?" medda Sonia, a thynnu'i ffôn allan. "Lle ma dy un di 'ta?"

"Methu fforddio'i gadw fo a talu rhent 'run pryd."

"Talu rhent o ddiawl," me Sonia cyn sbio ar 'i ffôn. "Hannar 'di saith," me hi, a dwi jest â gofyn iddi os di'n gall pan ma'i'n cywiro'i hun a deud, "Pum munud i un-or-ddeg."

Dwi'm yn boddran gofyn iddi sut ddiawl nath hi'r fath fustêc, ond mai'n bum munud i un-or-ddeg, a dwi fod lawr fancw, rholl ffor lawr fancw, erbyn un-or-ddeg. Neu mi fydd na gachu'n hitio'r ffan.

Dw'm yn deud dim byd wrth Sonia mond codi llaw a dechra rhedag.

Dwi'n stopio rhedag pan dwi'n cofio 'mod i methu. Dwi'n anadlu'n drwm reit wrth anelu at y bont. Chymith hi'm pum munud i mi gerddad i KFC, be sarna i?

Ar bont drosd ffor fawr dwi'n stopio i edrach ar y ceir yn pasio jest i feddwl be ma'n nhw'n weld wrth weld fi'n sbio arnan nhw. Jest rhag ofn bod Elen Puw yn un ella, ond dwi'n gwbod yn iawn bod hi'n 'i gwaith yn barod siŵr a hitha'n un-or-ddeg, ma llyfrgells yn gorad am naw a rhan fwya o bobol barchus yn dechra gwaith am naw. Mond betha fatha fi sy'n dechra gwaith am un-or-ddeg – a dal i fod methu cyrradd mewn pryd.

Weithia, ar ben y bont drosd lôn, dwi'n dychmygu hedfan. Ar eglwys Twthill ma'r bai. Dwi fel arfar yn meddwl am betha crefyddol tydw wrth weld yr eglwys wrth ddod allan o tŷ, ag erbyn dwi'n cyrradd y bont, ma rw feddylia fatha nefoedd yn dod fewn i 'mhen i, a hedfan a hofran a betha, sy fatha nefoedd tydan, a chynfasa gwely a miwsig John Lennon aballu. Dyna ma bont drosd lôn yn neud i chi. Neud i chi feddwl ych bod chi'n y nefoedd.

Gosa daw Twthill i nefoedd debyg.

Esu, ma'r holl feddwl ma am nefoedd yn mynd i neud fi'n hwyr. 'Swn i'n gallu galw heibio i lle bufdaliada gin bo fi'n pasio, a trio deud wrth rhogan yn fanno fficsiodd y job yn KFC i fi bo fi ddim yn trio bod yn hwyr, bod mai ffôn fi 'di rhedag allan o bres a batri, a bod 'na'm cloc yn nunlla'n Twthill er bo gynnon ni eglwys.

Ond fysa hi ond yn deud 'a be am yr holl droeon erill 'ta, Arwel Lloyd?' fatha thrawas ysgol gynradd, achos na dyna ydan nhw yn lle bufdaliada, thrawon ysgol gynradd i bobol mawr clas clai 'tha fi. A'r jôc ydi na bilding nesa at y lle bufdaliada ydi'r Cyngor, sy'n llawn o bobol bwysig sy'n cael 'u talu lot am neud dim byd. Fatha'u fersiwn mwy refined nhw yn Cidiff-Bê

(Ciediff-be? Ciediff-bê 'de. Ciediff-be?) sy'n penderfynu tynged bobol fatha fi ac yn cael lot, lot o arian am neud. Nhw'n ca'l llwyth o arian am neud dim byd, a finna'n ca'l nesa peth i ddim am chwsu yn KFC yn cwcio cachu i gwylanod dre ddychryn y shit allan o blant bach sy ddigon dwl i brynu popcorn chicken i fyta fo ar Stryd Llyn.

Esu, wiw mi ddechra meddwl am Cynghorwyr neu mi gai hartan a finna mond yn twenty-ffor. Tasach chi'n joino'r holl oria ma Bob Ceillia a finna 'di dreulio yn Black Boy yn lladd ar Gynghorwyr ag Aeloda Cynulliad a Senadd at 'i gilydd, fyswn i'n haeddu un o'r clocia bach hyll 'na ma' bobol mewn jobsys uffernol o ddiflas yn ga'l wrth riteirio.

Dwi'n rhedag eto lawr allt, sy ddim 'run fatha rhedag arall, a dwi'n teimlo reit ffit. Ella 'swn i'n gedru dechra neud yn slo bach, draw i Goed Helen, siŵr sa Elen Puw yn meddwl mwy ohona i 'swn i'n dechra jogio, gwisgo trowsus tyn i osod y nwydda yn ffenast y siop fel 'tae, a sticio earphones yn 'y nghlustia er bo gynna i'm byd i roid yn sownd rwthan nhw, ond fysa hi ddim callach: fedrwn i guddiad y pen arall lawr 'y nghrys. A cogio gwrando ar Sibelius.

Fo sgwennodd Drosd Gymru'n Gwlad. Sy'n rhyfadd, achos 'swn i'n taeru na Viking oedd Sibelius er bod gynno fo enw Lladin. Rai mi gofio gofyn i Bob.

Ond am rwân, raid mi gonsyntreiddio ar hannar cerddad a hannar rhedag i gyfeiriad maes a Stryd Llyn cyn i'r cloc daro un-or-ddeg. Mond bod 'na'm bali cloc, heb sôn am daro un-or-ddeg, fysa lot, lot rhy handi i rwun di-gloc, di-ffôn fatha fi.

A dwi yno! Gan anadlu fatha rywun fysa'n gedru bod yn hen, hen daid i mi fy hun, dwi'n sbio fyny ar y cloc ar wal KFC. Dwi funud cyfan mewn pryd!

Bron na 'swn i'n gofyn am gael 'y nhalu am funud yn egstra, ond ddim felly ma blwmin cogs y byd 'ma'n gweithio, naci – dyn bach sy'n neud mwy na mae o'n ca'l 'i dalu amdano fo, a dyn mawr sy'n ca'l 'i dalu am neud yn siŵr bod y dynion bach yn rhoi llawar mwy na maen nhw'n cael 'u talu amdano fo.

Ma Ffwc Sais (Steven Bradshaw, rheolwr KFC, job am oes, uffar o bwysig) yn dwad allan o'r cefn.

"I've told you, Lloyd…"

"Y?" dwi'n ddeud. Ac yn uwch. "Yy?" Ag yn amneidio 'mhen at y cloc ar y wal.

Mae o'n sbio, gweld be ma cloc yn ddeud. "It's not the one we use," medda fo.

Dyna ddudodd y Ffwc Sais, "It's not the one we use". Mae o'n dangos 'i watsh i fi ac yn tapio hi, jest i neud yn siŵr bo fi'n gwbod lle'n union i edrach ar watsh rwun i weld faint o gloch ydi hi, twat.

Dwi'n lladd 'yn hun i gyrradd mewn pryd, mynd heb frecwast, torri ar draws rw freuddwyd allsa fod wedi neud cymint i newid 'y mywyd i taswn i 'di ca'l cyfla i watsiad 'i diwedd hi, rhedag fatha rwbath 'im yn gall er bod taid Maes Incla wedi marw o hartan cyn bod o'n ffrorti, flwyddyn cyn i Mam ga'l 'i geni hyd yn oed sy wastad wedi 'nharo fi'n rhyfadd, ond mi oedd gin Nain Maes Incla enw am ledu'i choesa.

A ma ffwcin cloc KFC yn perthyn i rw iwnifyrs arall. Pob cloc arall yn y blwmin lle, it seems, yn dangos un-or-ddeg, heblaw'r ffwcin cloc ar wal.

Dwi'n neud wmab dw'm yn ffwcin COELIO hyn! A ma Ffwc Sais yn dal i sbio nôl arna fi fatha tasa fo wedi'i neud o haearn, a *mae* o thgwrs, blydi robot 'di'r ffwc peth.

"You've been warned so many times," medda fo gan droi'i gefn. "I really must ask you to leave."

"You're joking," me fi. Yn gwbod bod o ddim. Dwi 'di bod yma gimint o weithia o'r blaen, a dwi'n gwbod tro yma bod yn tships i'n cyfyrd mewn cachu.

Dwi'n barod i droi, a hannar fi reit falch bo gin i ddwrnod i mi fy hun o mlaen yn lle syrfio crap i bobol ma gin i ormod o barch iddyn nhw i allu teimlo'n falch 'u bod nhw'n 'i fyta fo (bron na 'swn i'n deud bod gin i ormod o barch i'r gwylanods na gadal iddyn nhw fyta'r fath rwtsh). Ond cyn i fi fynd, dwi'n meddwl am y draffarth dwi ar fin 'i cha'l hefo bobol bufdaliada am bo fi heb lwyddo i gadw job, ac yn mentro gofyn

"You wouldn't put in a good word for me with the benefits would you?"

A mae o'n chwerthin, cythral blin, yn chwerthin drosd y lle yn y ngwynab i. Dwi'n gweld dau neu dri o hogia erill KFC yn sbio rownd rochor o'r cefn, ag yn neud llygada ti 'di neud hi rŵan mêt arna fi. Dwi'm yn poeni, oedd o werth trei, doedd.

A wedyn, wrth bo fi ar fin troi – eto – i fynd (lot o droi toes, tydi bywyd mond mynd, mynd, mynd, troi mynd eto, mynd eto, troi mynd, troi mynd, mynd, mynd, mynd, troi…

Eniwe, CYN i fi droi, mi sylwis i bod Ffwc Sais – sy ddim yn Ffwc Sais rhagor, achos be nath o oedd agor y til ac estyn fforti cwid i fi. Fela! Ameeeeising! Ag er mai fi ydi'r cynta i ddeud na fydd deugain punt mor fanteisiol yn y tymor hir â gair da efo bobol bufdaliada, yr eiliad hon, yr actiwal eiliad hon, ma deugain punt yn well na dim byd arall fedran i gael yn y byd i gyd yn grwn.

(Blaw hannar can punt wrth gwrs, neu gan punt, neu fil…).

Cyn iddo fo newid 'i feddwl dwi 'di fachu fo o'i law o gan fwmian thanciwferi-mytsh a throi ar fy sawdl go iawn tro yma a mynd allan cyn gynted a fedrwn i.

Dwi'n cusanu'r pres cyn 'i roid o'n y mhocad ac yn sbio ar y castell a deud diolch wrtho fo – wrth y castell – am nad yw bob Ffwc Sais yn ffwc sais er bod Edward y Cynta deffinytli yn.

Ma'r haul yn gwenu feddylish i, ag mi oedd o hefyd, ddim jest arna fi. Peint bach sa'n dda 'ŵan, peint ar wal Rangylsi i ddathlu.

A wedyn nesh i feddwl, blydi hel be sarna i? Yn yfed cyn bod hi'n bnawn hyd yn oed, a fysa na ddiawl o neb arall yn pybs i siarad efo nhw ramsar yma. Ag i be 'swn i'n bod mor wirion â chael deugain punt yn fwy yn bora yn fy llaw, mond i'w wario fo i gyd cyn nos, a dim hyd yn oed job i ddangos amdano fo bora fory.

Ond wedyn, oedd 'na ddarn bach, bach ohona i'n dadla nôl nad oedd o wedi croesi 'meddwl i sa gin i ddeugain punt yn fy llaw, a dim gwaith i neud, wedyn oedd o'n egstra toedd, yn rhwbath fysa ddim gin i fel arall, a sa waeth i mi neud yn fawr o lwc fel 'ma achos dyn a ŵyr pryd dôi o heibio nesa. Ma isio bachu ar bob cyfle gawn ni i ddathlu, toes, neu fysa'r diflastod yn ddigon amdanan ni.

I gadw'r ddesgil yn wastad rhwng fy ddau fi, yr un call a'r un byrbwyll, nesh i feddwl be arall fyswn i'n gedru neud hefo'r pres, a nesh i feddwl am Elen Puw, do, achos dyna dwi'n tueddu i neud. Nos neu ddydd, chydig iawn o amsar sy'n mynd heibio heb i mi feddwl amdani tu ôl i ddesg y llyfrgell yn agor tudalennau'r llyfra, a'n gosod ei stamp ar bob un.

Dwi 'di darllan bob dim sy 'na dan Religions and Beliefs, a'r rhan fwya o'r nofela Cymraeg, iddi ga'l gwbod bo 'na ddigon o ben gin i i ddallt petha mowr, ag i ddarllan storis. Dwi 'di dechra tynnu betha gwyddoniaeth allan gin bo fi mor hoples am wyddoniaeth yn rysgol, a wir mae o i weld yn wahanol iawn i'r gwersi. Enwa rhyfadd ar y llyfra, betha am bengwins, a gwenyn a betha ag o'n i rioed wedi dallt gymint o Ladin oedd mewn gwyddoniaeth, y quantums a'r quarks 'ma a bethma. Dwi wedi dechra neud tolc yn y llyfra gwleidyddiaeth hefyd, ond nes bo fi'n gwbod be 'di politics Elen Puw – tydi'm wedi datgelu'r ochor yna i'w chymeriad eto – dwi'n cadw at betha eitha saff fatha capitalism a communism, ag ambell i –ism arall, i gadw'r jism i redag, fel 'tae.

Pan dwi'n deud 'darllan', be dwi'n olygu ydi bo fi'n 'u tynnu nhw allan ar 'y ngherdyn.

Ond y cyfrifiadur ydi'r gwir reswm pam dwi yma. Sgin i'm

yn hun, a dw'm yn pasa ca'l un. Sa well gin i ddrilio ail dwll tin i mi'n hun na gwario pres pythefnos o waith ar fashîn sy'n gadael i chi ddeud 'smai' wrth bobol na sach chi'n meddwl ddwywaith cyn croesi lôn i'w hanwybyddu nhw ar stryd. Ond ma'n handi iawn fatha rwbath i guddiad tu ôl iddo fo gin sbio i gyfeiriad y ddesg 'run pryd. Dwi'n siŵr 'swn i gedru ffendio porn arno fo, ond ma rwbath am sbiad ar porn yn llyfrgell sy'm yn iawn rwsut: dach chi'n teimlo bysa Kate Robats a Shakespeare a Delia Smith a stwff steddfods a bobol sgwennu llyfra fela ddim yn hapus iawn tasa chi'n sbiad ar porn yn 'u cwmni nhw.

Ma Brian Penci'n neud. Dwi 'di colli cownt sawl gwaith dwi 'di weld o'n jiglo fyny a lawr a'i lygid o'n fawr, fawr wrth sbiad ar sgrîn. Ddylsan nhw'm o'i ganiatáu fo, ddylsan nhw sgratsio porn odd' ar y cyfrifiadur mewn lle fatha hwn. A bod yn onest, dwi 'di trio ffendio porn a dwi 'di methu, so sgin i'm syniad be ma Brian Penci'n sbiad arno fo: ella mai wancio i restar o enwa llyfra mae o. Synnwn i ddim. Mae o ddigon od. Gredish i na clyfar oedd o, a bo gynno fo'm gwaith am bod o rhy glyfar i job, fel ma rei, achos oedd o wedi agor atlas mawr y byd, horwth o lyfr mawr oedd yn encroacho go iawn ar 'yn rhan i o'r bwrdd, a'r dudalen oedd o'n sbio arni oedd yr Iwcrên. Clyfar, feddylish i. Raid bod Brian Penci'n glyfrach na ma hogia Black Boy yn feddwl.

A wedyn sylwish i bod yr atlas ben i waerad.

Dwi'n dringo grisia llyfrgell nes mod i'n chwsu, a dwi'n gofalu sychu 'ngwar cyn i mi fynd i olwg y ddesg cofn iddi sylwi. 'Swn i'n gyfoethog, 'swn i'n prynu'r stwff sbreio 'na, ond fedra i'm fforddio mond amball i Lynx yn bresant Dolig gin Anti Gwen sy'n gwbod be ma hogia yn 'u hugeinia'n licio (rêl merch 'i mam). A ma'n ganol Mehefin rŵan felly ma'r blwmin Lynx 'di hen fynd. Ella sa'n rhwbath fedra i wario peth o'r deugain punt 'ma arno fo. A' i i Superdrug wedyn i fi ga'l sbreio fo drosta i cyn dwad yma fory.

A dwi'n gweld hi, yn stacio llyfra i silff ar olwynion yn

pen pella. Dydi hi ddim yn 'y ngweld i, ond ma'r sguthan Bronwen 'na sy'n gweithio hefo hi, a bronna gwyn ydan nhw hefyd, blydi anferthol, yn blocio'n fiw i o Elen Puw ma'n nhw mor fawr. Ma honno'n 'y ngweld i, a ma'r hen wmab ffieiddio 'na'n dod drosti, yr wmab sy'n deud 'be ma'r pyrfyn 'ma isio eto?' Dydi Elen ddim yn neud wmab fela byth felly dwi'n meddwl ella na peth menoposaidd ydi o. Plismon ddylia'r gotshan fod.

Dwi'n mynd draw i hofran wrth Popular Sciences sy agosa at y silffoedd olwynion lle ma llyfra ma bobol 'di dod yn ôl yn cyrradd i ga'l 'u tsiecio am staenia coffi (a staenia cofi os 'dan nhw'n nofela efo paragraffa o secs ynddyn nhw, fatha sy ga'l mewn Susnag *a* Chymraeg, alla i fentro deud, ma'n gwilydd deud gwir). A ma Elen Puw wrthi'n tsiecio'n ddyfal a finna wrthi'n sbio, sbio ar lyfr am fathematics, a dwi'n gofalu'i ddal o ffor' iawn yn wahanol i Penci, twat. Dwi'n 'i ddewis o am bod mai mathemateg yn un maes dwi ddim wedi dangos iddi bo gin i ddiddordeb yn'o fo eto. Dyma 'nghyfla i.

'Swn i'n gallu tyngu bod hi'n 'y ngweld i, a bod hi'm yn gwgu neu'n troi ei chefn fwy arna fi, neu'n symud ffwr'. Ond wedyn ma Bronna mawr yn sibrwd wbaff yn 'i chlust hi, tydi, y gont, a dwi'n goro symud ffwr'.

Dwi'n mynd draw at y cyfrifiadur, a meddwl be ga i gwglo hefiw. Weithia, weithia-weithia, ddim yn amal iawn, ma Elen yn cerad rownd cefn 'y nghadair i wrth y cyfrifiadur, er mwyn rhoi rw lyfr yn ôl ar y silff neu i jecio bod 'na'm porn neu wbaff, a jest rhag ofn gneith hi hynny heddiw, dwi'n gwglo rwbath uffernol o intelligent. Dwi'n trio meddwl am rwbath, a ma'r geiria 'post-industrial geology' yn dod i 'mhen i, felly dwi'n gwglo nhw a blydi hel, mae 'na bedwar hit, felly raid bod o'n rhwbath go iawn!

Ond dwi'n blino ar neud geiria clyfar yn 'y mhen i gwglo nhw, a dwi'n dechra edrach ar lunia o Gnafron ar y we, a ma bron bob un o'r blwmin castall sy'n neud i fi feddwl am Edward y cynta a'i wmab o'n meiddio dod i fama i godi castall uwch 'yn penna ni i gadw ni'n yn lle, a'r ffaith bod o'n dal i neud hynny mewn ffor' wyth cant o flynyddoedd wedyn, dwad i fama i ddeutha ni beth i neud yn lle gadal i ni neud yn petha'n hunun. Ma Bob Ceillia'n Blaid Cymru mawr ag yn deud bod isio ni fagu ceillia i sefyll i fyny drosdan ni'n hunan. Oedd Harri Siop Jips yn deud 'na dyna pam maen nhw'n galw fo'n Bob Ceillia, am bod o'n deud hyn o hyd ac o hyd. Siŵr bod rwbath yn hynna.

Dwi'n gweld llun arall, llun rabar o wal Rangylsi a dwi'n dychmygu bo fi yno, efo peint yn fy llaw yn sbio ar yr union olygfa â ma nghyfrifiadur i'n sbio arno fo.

Ond ma fa'ma'n well na wal Rangylsi, a well na chael peint yn fy llaw hyd yn oed, achos drosd ymyl y llun o'r olygfa o wal Rangylsi, drosd ymyl y cyfrifiadur, dwi'n ca'l sbio ar Elen Puw yn ddiderfyn, yn dragwyddol yn oes oesoedd, Amen, neu o leia tan ma'r lle ma'n cau, neu tan daw'r blwmin brondew 'na i fy hel i o 'ma.

Dwi'n dechra meddwl am Penci'n sbio ar porn, a dwi'n sylweddoli bod gin i'r rial thing yn fama, o mlaen i, yn stacio silffoedd yn pen arall, a blydi hel, dwi'n dechra mynd yn galad a meddwl fydd raid i mi fynd i lle chwech i orffan y job, ond dwi'n dal i ista ma, methu symud, blaw un darn o'na fi, a dwi'n dechra meddwl be 'swn i'n neud tasa Elen Puw yn dangos sein, unrw sein, unrw arwydd yn y byd y bysa hi, y bysa hi, mond yn deud, mond yn deud ia, ia oce 'ta, ia iawn, ddo i efo ti, ia, gw on 'ta, gei di brynu drinc i fi, ia ocê, ty'd yma, gei di roi sws i fi, ia, ia os tisio, gei di agor 'y mlows i, ia pam lai, Arwel Lloyd, dwi 'di bod â'n llygad arna chdi, dwi 'di bod yn mynd reit od tu mewn, dechra meddalu, ti'n gwbod be dwi'n feddwl, dechra teimlo fatha, w, ia, sa'n dda'i ga'l o, sa'n dda tasa, sa'n dda, w ia, gwbod, ia, ia, teimlo fo, w, god ia, ia, yn fanna, ia, gw on, god, gw on, ia ia ia ia ia ia ia IA!

Ffycin hel dwi'n stici 'ŵan. 'Mhocedi i fatha tasa 'na goloni o slygs 'di bod yn byw 'na. Mysadd i. Shit sa well mi beidio cyffwr â'r cyfrifiadur â'n llaw dde. Toilet.

"Be w't ti'n da ma eto heddiw?" Hi, y fronnog. Bron na 'swn i'n sychu mysadd yn 'i bronna hi, a bygro lle chwech, ond ma Elen 'di troi, wedi'i chlwad hi.

"Hawl gin i, oes?" me fi'n gwenu'n llydan. 'Im isio swnio'n rhy ddigwilydd ag Elen yn gwrando.

Ebychu a wna'r Fronfawr a mynd i hofran rownd 'y nghyfrifiadur i, jest i weld. Dwi'n falch 'mod i 'di droi o nôl i dudalen gwgl 'post-industrial geology' iddi ga'l ama mai stiwdant ydw i wedi'r cwbwl.

Mae Elen yn sbio arni, a'n sbio arna fi fatha tasa hi isio mi ddeud rwbath, a blydi hel, ma'n anodd gwbod be i ddeud pan ma'ch dulo chi'n stici efo'r sbync 'dach chi 'di golli'n dychmygu'r person dach chi'n siarad efo hi o danach chi'n Coed Helen a'r sêr uwch 'yn penna ni. Fedar neb ddeud bo fi ddim yn romantic.

"Lot o waith?" gofynna Elen. Ei geiriau cynta i mi heblaw 'diolch' cyn stampio llyfra, a finna wedi bod yn dwad yma ers pedwar mis o leia deirgwaith yr wythnos. Lot o waith? Lot o waith? Mae'n gwawrio arna i 'mod i fod i ateb.

"Oes," yn grug braidd, felly dwi'n rhoi tro arall arni. "Oes mae." Dwi'n meddwl am KFC.

"Bangor w't ti?"

A dwi'n meddwl, naci gwirion, fa'ma'n Gnafron yn siarad efo chdi, nes i fi gofio fod 'na brifysgol yn Bangor, a bod hi'n meddwl na stiwdant yn fanno dwi, a ma meddwl felly bron â neud i fi ddod eto.

"Ia" me fi, yn wylaidd. "Stydio biology… ym… biology môr a betha."

"Eigioneg?" medda Elen, a be wn i, waeth i mi nodio ddim. "Draw fanna ma petha gwyddoniaeth."

"Ia, dwi'n gwbod," medda fi. Blydi hel, dwi 'di ca'l bob llyfr ar beiol a cem a bob dim arall allan o leia unwaith, fedrith hi byth â bod heb sylwi.

"Ydach siŵr," ma hi'n chwerthin. Chwithig ydi'r 'chi' a dwi jest â gofyn iddi alw 'chdi' arna fi fel ma'n nhw'n neud yn y dramâu teledu a'r sôps Cymraeg cyn neidio i gwely hefo'i gilydd, ond mae hi'n cywiro'i hun: "Wyt siŵr."

Rŵan ma gofyn, *rŵan* ma neidio i'r dwfn: ddoi di efo fi am ddrinc? Ddoi di hefo fi am dro drosd rabar i Coed Helen – jest am dro, ddim i ffwcio, mond yn 'y mhen yn llyfrgall dwi'n dy ffwcio di…

A ma'i wedi mynd! Wedi gwenu arna i, ac wedi cario pentwr o lyfra i mewn i'r stafall gefn. Mond dau gam a fyswn i'n medru bod yn ffrâm y drws yn gofyn iddi, dau gam a 'ddoi di…?' 'Na'r oll.

Ond ma'n nulo i'n sticî, a dwi'n ca'l 'y nhynnu rhwngth yr angen i fynd i'w golchi a'r angen i selio 'nyfodol drwy ofyn iddi ddod efo fi drosd rabar, am ddrinc, i ga'l pryd o fwyd, i olchi'n gwallta yn nŵr y môr, i roi neilfarnish ar fodia'n traed, 'im bwys be, mond bod hi'n dod efo fi.

A dyma fi eto wedi colli 'nghyfla. Dwi'n cysuro'n hun wrth anelu am y toiledau na fysa fo wedi bod yn berffaith taswn i wedi gofyn iddi'n fanno a finna newydd neud be nes i, a 'nulo fi ddim yn berffaith, a fysa angan iddo fo fod yn berffaith, a mi gaiff fod yn berffaith tro nesa.

Fory! Cadw macha o boced 'y nhrowsus fel bod nhw'n lân i ofyn iddi. Ella gawn ni shec hands arno fo. Dulo glân 'li, ddim pyrf ydw i. Contract. Ti a fi. Drinc. Done.

Allan o'r llyfrgell bawb dan ganu, neidio dawnsio a be bynnag. Dwi isio canu. Daw hyfryd fis, Mehefin cyn bo hir, ac Elen a minnau'n canu'n braf ar y tir. Gwcw, gwcw, gwcw canu'n braf yn y tir. Peint!

Dwi'n dawnsio'n ffordd i gyfeiriad maes cyn penderfynu lle dwi am fynd i gael peint amsar cinio, gan godi dau fys ar bob multi-national dwi'n basio ar ffor' (Barclays, Lloyds, Wetherspoons) ag ar y Cyngor tu ôl i mi, am bo nhwtha'n rheoli ni hefyd.

Ond dwi'n styriad, 'esu, ella sa well byta rwbath cyn ca'l peint a finna newydd ga'l gwarad ar gymint o egni yn Llyfrgell. Felly dwi'n galw'n Carlton i brynu dwy fechdan, a sleisan o gacan hipis gin bo fi'n fflysh, ag yn mynd draw i ista'n Turf Square i fyta nhw'n teimlo'n rhinweddol am wario five-sixty-five ar fwyd.

Dwi'n cyddiad y brechdana dan flaen 'y nhî-shyrt Robert Emmet cofn i'r gwylanods ffwc neud deif amdanyn nhw, a dwi'n llwyddo reit daclus i fyta nhw i gyd heb incident, mond bod briwsion y gacan hipis 'di disgyn lawr dan felt 'yn jîns i a'n crafu fatha chippings ar waelod 'y mol i. Dwi'n sgubo fo allan ar lawr cofn iddo fo fynd lawr yn is a chreu llanast go iawn.

Ma 'na wylan yn bomio lawr i fyta'r briwsionyn a dwi'n siŵr bo fi'n gweld o'n gwenu fatha seicopath wrth weld bod o'n dychryn y shit allan ohona i.

O leia dwi 'di llwyddo i fyta 'nghinio heb gael 'yn atacio, dwi'n meddwl, ag wrth bo fi'n feddwl o, ma'i ffycin bartnar o, fyny'n rawyr, yn agor i sffinctyr a gwllwng stremps gwyn reit ar hyd 'y mraich i. Ffwcin cont, sy'n well nag ar 'y nghrys i debyg, achos fedra i sychu fo 'ddar 'y mraich hefo'r papur oedd am y gacan hipis o Carlton. Dwi'n addunedu i gicio'r wylan nesa ddaw o fewn rênj o fan hyn i Betws y ffwcin Coed, ag yn bygro'i o Turf Square cofn i'r blydi clomenods ddechra gangio hefo'r gwylanods yn 'yn erbyn i.

Ma'i fatha Rhufain ar maes. Ceir yn mynd lle ffwc ma'n nhw isio a traffic wardyns yn ca'l nyrfys brecdowns yn trio'u cadw nhw rhag parcio wrth y ffowntens lle ma plant yn glychu. A byrdda allan yn ffordd y ceir a ymbaréls, a hufen iâ yn cysgod y castall er bod yr haul yn dal i allu gweld maes am rŵan: fydd o'm yn hir cyn ca'l 'i gyddiad gin y castall sy'n neud fi gasáu'r horwth peth hyd yn oed yn fwy. Dwi'n cerad reit yn ffor' y ceir, am bo fi'n medru, a dwi'n anelu lawr am Rangylsi pasa ca'l peint ar y wal, er na amsar swpar ma fanno ar 'i ora. Dwi'n stopio'n y siop oedd arfar gwerthu papura ieithoedd erill i dorri mewn i'r papur decpunt gesh i'n newid o Carlton i dalu am bacad deg o ffags dwi'n lôdd o'u smocio am bod 'y mhres i'n mynd i un o'r multi-nationals ffwc, ond dwi'n gaeth i'r petha pan ma pres yn bocad gin i. A mond deg ydi o prun bynnag. Ma'n iawn i bawb ga'l trît bach.

Yn Rangylsi, dwi'n 'i theimlo hi'n oer tu mewn ag yn falch o ga'l dwad allan at y wal. Braf 'di hynny, pan ma'n oerach tu mewn na tu allan, a mond tua dau pwynt tri diwrnod o bob blwyddyn sy felly'n dre. Sna neb tu mewn be bynnag, felly i be 'swn i'n ista tu mewn fatha lwsar i yfad peint ar ben yn hun, yn siarad efo barman sy ddim isio dangos bod o'n meddwl bo fi'n lwsar a dim byd gwell i neud na deud mor braf ydi hi tu allan.

Da 'di lagyr. Rhoid sbectol anweledig am ych llygada chi sy'n neud i chi weld y byd mewn ffor' well. Dwi 'di dewis un bach gin gwmni o Gymru i roid 'yn arian yn bocedi brodyr yn y ffydd yn lle'r multi-nationals. Dwi'n anadlu'n ddwfn, yn braf 'y myd, nes 'mod i'n hogleuo hogla drwg y cei yn llenwi fy ffroena. Dio'm yn digwydd bob dydd, ond ma'n digwydd yn amal. Pan ma'r llanw allan am wn i, a'r carthion yn gacan drosd wely'r afon yn dod i'r golwg yn yr haul. Bechod na fysa'r bobol ma sy isio'n gwerthu ni i bendraw byd yn ca'l gwarad ar yr hogla. A nocio'r castall lawr tra maen nhw wrthi. I be ma rywun yn gwerthu lle i bendraw byd cyn 'i neud o'n iawn ar gyfar y bobol sy'n byw 'ma?

Ma rwbath yn rong yn rwla.

Un criw arall sy 'ma. Ma digon o sŵn gynnyn nhw, a Susnag ydi 'u hiaith nhw, felly dwi'm yn inclined i fynd draw i siarad. Ddim bo fi'n hiliol. Gwbod ydw i na'r un sgwrs ga i â dwi 'di cha'l filiyna o weithia o'r blaen.

"You're Welsh are you? You actually speak Welsh."

"It's my first language."

"Everybody says that, if it were true, there'd be thousands of first-language Welsh speakers."

"There are."

"Bet you just learnt it."

"Why would I do that?"

"Just to be different."

"We are different."

Honna'n un sgwrs gesh i llynadd, efo rw gwd o Essex. Tasan nhw ond yn ca'l 'u penna rownd y ffaith nad nhw ydi canol y bydysawd, nad Susnag ydi'r unig iaith. Dwi'n teimlo weithia fel trio ca'l 'u penna nhw rownd y peth, drw wasgu nhw ('u penna nhw 'lly) mewn feis. Ddallten nhw wedyn.

Ond ma galw fi'n hiliol yn neud fi'n bananas. Dw'm yn hiliol am na nhw sy'n y mwyafrif. 'Os felly,' medda Bob Ceillia wrtha fi rw noson yn Black Boy, 'fysat ti'm yn galw sbeitio hogia tecawê tsheinîs tecawê yn bod yn hiliaeth, am bod Tsieina'n fwy na ran fwya o wledydd a mwy o bobol yn siarad Mandarin na'r un iaith arall.'

O'n i 'di ca'l saith peint neu fyswn i wedi deud wrtho fo na bod yn bersonol ydi bod yn hiliol, ddim jest deud ffwcin Saeson am y genedl yn gyffredinol heb sôn am neb yn benodol. A wedyn gofish i bo fi'n galw Ffwc Sais yn Ffwc Sais, a ma hynny YN bersonol. Achos dw'm yn licio fo. 'Swn i'm yn licio fo tasa fo'n Gymro, neu'n Wyddal, neu'n Americanwr neu'n Ffrancwr, fyswn i'm yn licio fo tasa fo wedi sefyll hefo Padrig Pearse ar stepan drws y General Post Office neu Gwynfor Evans ar sgwâr Ca'fyrddin yn sicsti sics.

Ond mwya dwi'n gwrando o bell ar y byrddaid o ddieithriaid yn siarad Susnag, mwya dwi'n gweld nad ydan nhw 'run fath â Saeson arferol. Yn un peth, fedrwn i dyngu na dyn ydi'r ddynas sy'n gwisgo stiletos coch a bronna mawr. Fysa hi'm yn edrach allan o le mewn barf a ma'i llais hi'n ddwfn er bod hi'n trio'i godi fo. Ma dau ddyn arall efo hi, un sy'n gwisgo siwt a chrys a bo-tei a'r llall yn gwisgo crys-t melyn efo Flower Power wedi sgwennu'n sgwigli arno fo. Neis gweld bobol gwahanol yn dod i Gnarfon. Petha digon tebyg i'n gilydd ydan ni fel arall, blaw'r snobs sy byth yn dod allan i dre be bynnag. Ma heiny'n wahanol mewn ffor' sy'm yn neis.

"Reit, be 'di'r egsgíws?" Ma Bob Ceillia'n ploncio'i hun lawr gyferbyn â fi. "Dau o gloch yn pnawn ar ddwrnod gwaith."

"KFC wedi llosgi i'r llawr," me fi gan gymyd cegaid arall o 'mheint yn y gobaith neith o gynnig un arall i fi os bydda i'n agos at orffan hwn.

"Neu mi w't ti 'di ca'l y sac," me fo. Ag oedd rwbath yn y ffordd oedd o'n ddeud o yn neud i fi sylweddoli 'i fod o wedi bod heibio KFC yn barod yn chwilio amdana i ac wedi cael gwbod gin un o'r hogia neu Ffwc Sais 'i hun be o'dd wedi digwydd.

"Esu ma rywun 'di bod yn cysgu'n y shoe box," me fi.

"Knife box," me Ceillia.

"Shoe," me fi. Toedd Nain arfar 'i ddeud o.

"Knife," me Ceillia'n codi ei lais. "Be uffar sens ydi cysgu'n y shoe-box?"

"Be wn i, dihareb dio."

"Trosiad," me Ceillia. "Coelia fi ar hyn, knife 'dio."

"Hai," me fi wrth y bwrdd nesa, sy wedi dechra'n clwad ni'n dadla. "Tell me, is it knife-box or shoe-box?"

"What is?" me'r dyn mwya.

"When you say someone's been sleeping in the shoe-box…"

"Or knife-box," me Ceillia gan anadlu'n ddwfn i ddangos 'i fod o'n ddiamynedd ac yn difaru deud dim byd am bod o isio codi peint.

"Knife-box?" gofynna'r hogan sy'n ddyn. "Wouldn't like to sleep near knives."

"Dyna fo!" medda fi wrth Ceillia. "Be ddudish i? Shoe-box ydi o."

"Is that Welsh you're speaking?" hola'r ddynes-ddyn.

Mae Ceillia'n ebychu'n swnllyd wrth weld yr un sgwrs ag a glywodd fil gwaith o'r blaen yn dechra. Mae'n codi a mynd at y bar.

Ar hyn, daw dau 'run oed â fi oedd yn rysgol efo fi draw o gyfeiriad y castell. Darren Williams a dwi'm yn cofio enw'r bygar calad arall. Dau o hogia dre ydan nhw, pan nad ydan nhw'n jêl am werthu cyffuria i lwsars fatha Lori neu am stido rwun. Dwi wastad wedi casáu'r ddau uffar bach a wedi bod yn cega efo nhw droeon, nes mynd yn ffeit un tro ddwy, dair blynadd yn ôl. Dw'm isio siarad efo nhw, felly dwi'n deud 'Yes' reit swta wrth y stiletos er mwyn plygu 'mhen i gonsyntreiddio ar 'y mheint yn lle goro siarad hefo'r ddau.

'Ŵan, dwi ddim tamaid mwy rhagfarnllyd tuag at hogia dre nag ydw i at bygyr-ôl o neb arall, tydw i'n un yn hun, ond digwydd bod na'r ddau yma oedd y rhain, dau benodol, dau ben-ôl – a dau gont 'run pryd. Od 'de? Ma'n nhw'n pasio i mewn i Rangylsi heb gydnabod 'y modolaeth i be bynnag, diolch byth.

Daw Ceillia allan yn cario dau beint, diolch i'r sant ag o. Rhoid gwersi gitâr i bobol ma Ceillia, felly ma'n loaded, a sdim raid iddo fo gadw at oria gwaith call. Ma'n amal yn cymyd pnawnia ffwr' pan ma gwaith dysgu gitâr yn drwm, ag angan brêc arno fo. Dw'm yn teimlo cwilydd bod o'n prynu amball beint yn fwy i fi na dwi'n brynu nôl iddo fo achos mae o ddeng mlynedd dda yn hŷn na fi yn un peth, a dwi'n teimlo weithia hefyd fod o'n falch fod rwun o gwmpas lle sy ddim yn siwt naw tan bump fel bod o'n gallu ca'l peint yn pnawn efo rwun i sgwrsio efo-fo.

Mae o 'di dysgu llawar i fi am Gymru ac am y byd ac am fywyd a chrefydd a phetha dwfn fela. Fedra i ddiolch iddo fo am hannar 'yn addysg, os nad mwy. Fo sy'n neud sens o betha i fi, neud i fi ddallt mai conspirasi'r CIA ydi'r holl repeats o *Friends* ar teli (rwbath am y miwsig yn medru inffyltretio brên pawb sy'n glwad o mbwys lle maen nhw, yn Nefyn neu Novosibirsc

– prifddinas Seibîria yn ôl Ceillia), neu rwbath fela; mai yna i'n
sgriwio i ma'r wladwriaeth a'r Cyngor a betha, a tasa fo'n arwain
y Gymru Rydd mi fysa 'na: wersi Cymraeg yn bob ysgol nes bod
pawb yn siarad Cymraeg yn ddigon da i adael rysgol, hyd yn
oed tasa bobol yn hannar cant yn gadal; fysa Cynghorwyr yn
goro byw mewn tai cownsil yn ganol 'u hetholwyr; fysa capeli ac
eglwysi'n dod yn ganolfanna cymdeithasol yn lle horwths mawr
hyll (blaw eglwys Twthill) gwag sy o ddim iws i neb blaw dau
neu dri o ffogis sy ar fin disgyn yn farw am awr bob wthnos;
bysa fo'n 'i neud hi'n orfodol i bob ci sy'n cachu ar pafin neu
lwybra ga'l 'i saethu'n farw, ar ôl un rhybudd chwara teg sy'n
dangos 'i fod o'n hogyn digon goddefgar yn y bôn.

  Ond y fflip side i ga'l 'y nysgu ganddo fo ydi bod o chydig
bach yn dadol efo fy ngyrfa i, fel mae o'n 'i roid o. Mae o isio fi
ga'l joban iawn, ag yn bytheirio byth a hefyd am 'floda gora'n
cenedl ni yn ca'l 'u gadal 'i wywo' am bo cymint o bobol fatha
fi ddim yn ca'l gwaith, neu ddim yn ca'l gwaith sy'n gweddu i'w
gallu nhw. Dwi'n cytuno efo fo i radda, achos dw'm yn meddwl
bo fi wedi ca'l yn rhoid ar y ddaear 'ma i droi cwcars llond o ffat
i hyndryd and sefnti celsius a sgwpio popcorn chicken i flycha
carbord.

  Driodd o ga'l joban i fi'n ailgylchu fyny'n Cibyn, meddwl
sa fo'n brofiad fysa'n cyflwyno amgylcheddiaeth ne rwbath i fi.
To'n i'm yn impresd iawn, meddwl sa well gynno fo weld fi'n
gweithio efo rybish bobol erill yn hytrach na bwydo rybish i
bobol erill. Llathan o'r un brechdan fatha sa Nain yn ddeud.

  Ond mae o'n dal yn flin bo fi 'di ca'l y sac: blin efo Ffwc Sais
am sacio fi am fod funud a hannar yn hwyr (nesh i'm o'i oleuo fo
bo fi ar ffeinal warning rhif dau ddeg naw), a blin efo fi am roi'n
hun mewn sefyllfa iddyn nhw allu pwyntio bys at 'ieuenctid yr
oes, ddim yn trio neud rwbath drostan nhw'u hunan'.

  "Mae o fatha gweithio mewn ffatri neud bwledi, yn neud y
bwledi, mond i'w rhoid nhw yn llaw y Consyrfatifs iddyn nhw

ga'l 'u llwytho nhw i'w gynna, a dy leinio di fyny i dy saethu di hefo'r union fwledi ti 'di neud iddyn nhw."

Does na ddim byd yn neud Ceillia'n hapusach na dihareb estynedig sy'n dal i weithio cystal ar 'i diwedd ag ar 'i dechra hi.

Mae o wrthi rwân yn rhestru'r rhesyma pam ddylian i fod wedi dal ati yn KFC er mwyn camu ymlaen i 'borfeydd brasach'. Bron nad ydy o'n tyngu 'swn i'n medru bod yn Brif Weinidog mewn pum mlynadd, mond i fi ddal ati i lenwi'r ffreiars hefo popcorn chicken.

Dw'm yn licio fo yn y mwd tadol 'ma. Ma gin i un tad yn Llundan rwla yn ôl y sôn, dwi'm isio un arall.

Felly dwi'n codi i godi peint arall yn y gobaith neith hynny gau'i ben o. Munud ga i o'n feddw, fydd digonadd o hwyl i ga'l efo fo. Dwi'n lôdd i wastio 'mhres arno fo, ond efo lwc mi neith o brynu sawl un yn fwy yn ôl, nes neud i'n arian i weithio ar 'i ganfed fel unfestment.

Dwi'n clwad wrth basio un o'r dynion ar bwrdd arall yn galw'r ddynes sy'n ddyn yn Estelle, a dwi'n meddwl. Mm, enw da. Licio fo. Siwtio hi. Fo. Dwi hannar awydd joinio nhw, i ga'l chydig o ddiwylliant, ond dwi angan y peint i gau ceg Ceillia.

Pan dwi'n dod nôl, ma Ceillia 'di stopio siarad – cymyd na fuo fo'n pregethu efo fo'i hun – ac yn sbio allan drosd rabar a golwg fodlon 'i fyd arno fo.

"Fasa Joyce wrth 'i fodd efo'r dre 'ma," medda fo fatha tasa fo'n agor pregath.

"Pw 'di hi?" dwi'n gofyn, yn meddwl bo fi'n nabod bobol lle ma'n reit dda.

"Fo 'di Joyce," me Ceillia.

"O, 'na fo ta," me fi, a meddwl os 'di Estelle yn ca'l bod yn ddynas, mai'n iawn i Joyce, pw bynnag ydi hi, fo, ga'l bod yn ddyn.

"Be sisio well," medda fo wedyn, fel bydd o rhwngth y peint cynta a'r pumed pan ma'r pregethu go iawn a'r isio ni fagu ceillia, dyna sy yn setio mewn. "Gin ti Gymru i gyd yn Gnafron 'ma, y byd i gyd, rhwng dalenna'r dre fach 'ma, curiada'i chalon hi."

Barf ydi o go iawn, ond ma raid i feirf ga'l jobsys, fatha dysgu gitâr i bobol.

"Ew da 'ŵan Ceillia," me fi, achos dwi'n feddwl o. A cyn bo fi'n gwbod be dwi'n neud, dwi'n troi at y bwrdd arall a deud: "This one here is a poet, d'you know?"

A maen nhw drostan ni fatha ton, yn troi atan ni, isio gwbod, yn plygu drosodd i glwad mwy, yn barod i lyfu'r mêl odd' ar 'yn pawenna ni ne be bynnag fysa Ceillia'n ddeud yn well na fi.

"Tell us some of your poetry," medda Estelle. Fatha tasa Ceillia'n gallu matsio stori bywyd hwn-hon me fi yn 'y mhen. Ond chwara teg, mi fysa fo'n gallu *deud* stori'i fywyd yn well na neb, dwi'n siŵr o hynny. Fysa Ceillia'n medru neud i gachiad swnio fatha ennill y gadar yn steddfod.

A mae Ceillia'n mynd drwy'r rwtîn ostyngedig – nanana, mae o'n gorddeud (tydw i ddim fel ma'n digwydd bod: mi fuo Ceillia'n aelod o dîm Talwrn y Beirdd y dre nes i'r gwersi gitâr fynd yn rhy drwm iddo fo allu barddoni a dysgu plant i chwara gitâr); mond rw damaid fan hyn fan draw, dim byd o gwbl; wel, fedra i'm meddwl off top 'y mhen; mi oedd gin i rw bennill bach slawar dydd, sut oedd o'n mynd rwan, dw'm yn siŵr os galla i gofio.

A mae o'n cofio bob un wrth gwrs, ac yn rhoid cyfieithiad digon taclus gin egluro'i holl ddiarhebion.

Mae gin Estelle farnish piws ar 'i bysadd, a mae o'n dwt, dwt, fatha tasa hi wedi mynd i drafferth i'w roid o. A lipstic ychydig bach yn oleuach. Ma gynni eilashis hir, hir, a dwi'n siŵr mai wedi rhoid nhw yna mae hi, ddim 'u tyfu nhw fatha rhei merchaid, ond mae hi wedi plycio'i haelia'n dena, dena, union fatha dynas. Rhyfadd pa mor debyg ydan ni dan y petha allanol, dynion a merchaid 'lly.

Ma'i llais hi fatha melfed, a ma'n amlwg bod Ceillia wrth 'i fodd yn 'i chlwad hi hefyd (ma hi wedi dechra sôn am 'i bywyd hi rwan, a sut ffendiodd hi bod hi'n well gynni wisgo dichada merchaid i ddechra, a wedyn sut ma hi'n styriad opyreshyn a wedi cael rhei tabledi, ag o'n i'n iawn, ma'i stori hi lawar gwell nag un Ceillia a pawb yn gwrando, yn cynnwys y ddau ddyn sy efo hi – ei ffrindia, medda hi a nhw, ddim cariadon. Ma gin un gariad yn Wolverhampton – dynas dwi'n meddwl – a well gin y llall ddynion (mewn dichada dynion 'lly).

Dan ni'n codi rownd arall i bawb 'na ni a finna'n gobeithio'n dawel bach na ddaw hi rownd i fi, os chwarea i 'nghardia'n iawn mi eith yn bumed peint o rŵan arni'n cyrraedd yn rownd i, a fyddan nhw'm yn cofio pwy bia'r rownd erbyn hynny. Ond os daw hi i'r gwaetha, dwi'n gwbod bo gin i bres, sy'm yn rhwbath fedra i ddeud bob amsar.

Dwi'n gweld yr haul wedi symud yn yr awyr a trio meddwl ers faint 'dan ni yma, fysa'm yn syniad i ni fwrw am Black Boy i rhein ga'l gweld rwla heblaw wal Rangylsi, bechod iddon nhw ddod o berfeddion Lloegar i weld mond wal Rangylsi, ond erbyn dallt ma'n nhw'n aros yn Premier Inn a wedi gweld y Castell (pyb, ddim un Edward Un) a'r Alex, a'r Galeri a Celt.

"Black Boy," me fi, a cyn i neb atab, dyma Darren Williams a llall 'na allan o Rangylsi a syth tuag atan ni.

"Sa'm lle i bobol fel'ma yn dre 'ma," me Neil McMahon, achos dwi'n cofio'i enw fo rŵan bod o'n dechra siarad. "Dach chi gyd yn bwffs 'ta be?"

"Hei howld on, cont," me Ceillia a chodi ar ei draed, "ti'm yn ca'l siarad efo ffrindia fi fela."

Rŵan, dydi 'ffrindia fi' Ceillia ddim yn dallt gair sy'n ca'l 'i ddeud wrth gwrs, felly fysan ni, *fysan* ni tasan ni'n sobor, wedi gallu deud ocê, ocê ogia, gadwch o fod, *yn* mynd ydan ni be bynnag, a mi fysa Rangylsi bedwar gwydr peint yn well off.

Ond oedd 'na lagyr yn swilio o gwmpas tu fewn i ni toedd, yn bomio'n brein-sels ni a neud ni'n gry fatha Caradog, a'n gegog fatha – wel, fatha ni'n hunan, a mi snapiodd 'na rwbath yn 'y mhen i pan ddudodd Darren Williams:

"Shouldn't be allowed," a'r fath dro yn 'i wefus ucha fo wrth sbio ar Estelle. "Unnatural, that's what you are. Disgusting."

A mi oedd Estelle a'r ddau arall wedi dallt hynny.

Dw'm yn siŵr iawn be ddigwyddodd, os na fi gynigiodd y dwrn cynta, ta Ceillia, ond mi ath peintia'r ddau drosd bob man nes bod gwydr drosd y llawr, a gwydra un neu ddau o griw Estelle hefo nhw.

Wedyn, mi ddaeth barman Rangylsi i golwg, a mi heglodd Ceillia a fi ac Estelle a'r ddau arall i gyfeiriad Black Boy a gadal Darren Williams a Neil McMahon i wadu unrhw fai, a doedd na'm angan iddyn nhw wadu dim be bynnag achos o'n nhw 'in' efo boi Rangylsi, a hwnnw lawn mor gul 'i feddwl â nhwtha achos glwish i o'n gweifi 'Afiach' ar yn hola ni efo'r ddau arall.

Erbyn Stryd Plas oeddan ni wedi stopio rhedag achos na to'n i'm yn gallu a be bynnag o'n i isio ffag cyn cyrradd Black Boy, ag oedd stiletos Estelle yn stopio hi-fo rhag rhedag. Ar stryd Plas oedd bobol dal i fihafio fatha sai'n dal yn bnawn, siopa a betha, achos bod hi'n dal yn bnawn yn stryd Plas os nad oedd hi'n dal yn Rangylsi a finna hefo pedwar peint yn 'y mol yn neud iddi deimlo'n hwyrach.

"Calliwch 'ŵan bois, mond pump o gloch ydi hi," medda Ceillia a dwi'n gweld bod o ofn drwy'i din sa un o'i ddisgyblion o'n weld o'n lysh-gach yn pnawn. Ma meddwl am Ceillia efo disgyblion yn neud i fi feddwl na Iesu Grist ydi o, a ma 'na betha tebyg, raid deud. Dwinna'n un o'i ddisgyblion o hefyd mewn ffor', a mae o'n dysgu betha i ni – gitâr i'r lleill, a sut-i-fyw i fi, felly dwi'n rhoid 'y mraich am 'i sgwydda fo'n sgwiji reit efo ton o gariad 'di dod drosta fi tuag ato fo.

"Ei dioch ti, Ceillia," dwi'n dechra, "am bob dim ti'n neud i fi."

"Callia cont," me fo a gwthio fi ffwr' cofn i rywun weld, ond dwi'n gallu gweld 'run pryd bod o'n tytshd.

Dwi'n gweld Hayley Coesa Cam yn gwthio pram lawr Stryd Plas a dwi'n styriad gweiddi haia Hayley arni, am bo fi ddim 'di gweld hi ers blynydda, ers rysgol, ers pan oedd hi a fi'n giglo'n cefn Susnag chwara gêms ar ffôn Hayley achos mi gafodd hi i-phone bell, bell cyn neb arall hyd yn oed betha Cae Gwyn achos oedd gin hi goes ryfadd a mi safiodd 'i thad hi fyny i ga'l i-phone iddi i neud fyny am 'i choes, felly do'dd neb yn jelys rili achos bod hi'n well iddi hi ga'l ffôn na neb, a ddim am bod 'i thad hi'n loaded gafodd hi un, fatha'r lleill ddoth wedyn, achos toedd o ddim, gweithio'n becyri oedd o, a mi weithiodd shiffts a shiffts a shiffts i ga'l ffôn i Hayley, ag oedd neb fel dudish-i, yn be-'di-gair, gwarafun, dyna fo, do'dd neb yn gwarafun ffôn i Hayley achos oedd gynni goes giami ers iddi ddod allan ffor-rong – a ddalltish i ddim byth sut oedd ffôn yn neud petha'n well iddi, ella ma'i thad oedd 'di drysu rhwn ffôn a ffon, ond 'im bwys achos oedd o'n blydi gwd ffôn be bynnag, yn chwara gêms yn cefn yn Susnag a Welsh a Maths a betha, ag oedd hi a fi'n arfar ca'l ffwc o laff.

Hen hogan iawn oedd Hayley bechod, ffrindia go iawn i fi. A rŵan mai'n cer'ad i 'nghwfwr i ar Stryd Plas a dwi'n gwbod na hi ydi hi achos pwy arall sa'n cer'ad fela blaw Hayley, a dwi'n styriad deud helô, gweiddi haia Hayley, ond ma gynni bram a dw'm isio dangos bo fi'm yn gwbod bod hi 'di ca'l bých, ag ella na ddim bých hi ydi o be bynnag, ella ma'i chwaer ne frawd ydi o neu hi (a wedyn dwi'n gweld 'na pinc ydi o, felly chwaer debyg achos 'di bobol Cnafron 'im 'di dysgu eto bo dynion reit-on yn gallu gwisgo pinc. Darllenish i hynny'n magasin lle doctor pan oedd gin i ddefaid ar 'y nhraed) er bod Hayley'n twenty ffôr bellach siŵr a bron yn ddigon hen i fod yn nain.

A dwi'n embarasd braidd be bynnag, achos bell, bell rôl gadal rysgol, ddudodd rwun wrtha fi bod 'i thad hi 'di bo'n mocha efo

Hayley, felly shit, erbyn meddwl, ella bod y babi'n ferch *ac* yn chwaer iddi. Ddylsa hynny neud i fi fynd ati fwy, deuthi 'cofio Susnag pan o't ti a fi arfar ga'l ffwc-o-laff yn chwara efo dy ffôn di' a dangos iddi bo fi yna iddi a betha, ond dwi ofn i sôn am y ffôn atgoffa hi am 'i thad.

Callia cont, dwi'n deud wrtha fi'n hun. Ti'n gadal ffigments i mewn i dy ben lle na toes 'na'm byd. Ag erbyn i fi fynd drw hyn i gyd yn y mrên, ma Hayley wedi hen basio prun bynnag a dan ni'n dwad fyny at Black Boy.

Sna'm golwg o Estelle a'r ddau arall yn Black Boy, ma raid bo ni 'di colli nhw wrth bo fi'n miwsio am Hayley, a dwi'n ca'l yn seidtracio rhag meddwl lle fysan nhw wedi mynd wrth sylwi bod Ceillia'n codi peint chwara teg iddo fo, a dwi'n trio ffendio rwla i ista ond mai'n llawn 'no felly dwi'n sefyll ar 'y nhraed yn ca'l 'y ngwasgu gin bobol yn mynd a dwad, a dwi'n meddwl be uffar sy mlaen bod hi'n llawn ma cyn hannar 'di pump, ond mae'n haf a ma lot o fisityrs, er na Cymraeg dwi'n glwad fwya 'fyd, a ma 'na griw swnllyd yn llond gornal, o sowth Wêls neu rwla, ond ma Ceillia'n dod nôl a deud ma criw o iyng ffarmyrs o Dolgella ydan nhw, a dwi reit intrigd deud gwir achos dw'm yn meddwl bo fi 'di gweld gymint o iyng ffarmyrs yn un criw efo'i gilydd fel'ma erioed o'r blaen.

Ma gin i barch at iyng ffarmyrs, achos ma'n nhw'n cadw Gymraeg yn fyw yn gefn gwlad, a dw'm yn siŵr iawn lle ma gefn gwlad a ballu go iawn, achos dwi'n tueddu i feddwl na bobman blaw dre ydi o, sy'n uffar o lot o le deud gwir, felly maen nhw'n neud gwaith ffantastic a styriad. Er, ma siŵr bod defaid a gwarthiag a betha erill yn llenwi lot ar gefn gwlad, a neith rheini'm siarad Cymraeg na Susnag.

Dwi'n ca'l ffwc-o-laff efo fi'n hun yn meddwl am hyn a ma Ceillia'n mynd braidd yn anóid efo fi, meddwl bo fi'n chwerthin am ben ffarmwrs. A ma'n troi atyn nhw a deud "Sgiwsiwch fo, dio'm yn cael 'i adal yn rhydd yn amal. Hergast."

A ma'i o'n neud wmab knowing. Ond sgin josgin mae o'n siarad efo fo ddim ffwc o syniad lle 'di Hergast, ma'n amlwg, achos ma'n deud rwbath am 'ganeuon da gynnyn nhw,' a ma Ceillia'n chwerthin fatha rwbath 'im yn gall, a fynta newydd fod yn flin efo fi am chwerthin!

Ma ffarmwrs yn dod draw i siarad, tua chwech neu saith 'nyn nhw, a ma Ceillia'n siarad nôl efo nhw fatha tasa fo wedi nabod nhw erioed. Sôn am Steddfods a cora canu a noson lawen a betha, a mi esh i i deimlo reit sofft tu mewn yn meddwl am sut oedd hi stalwm, fel'ma, bawb yn siarad Cymraeg (er, ma pawb yn siarad Cymraeg yn Black Boy be bynnag) pawb yng Nghymru, a siarad am ganu a'r peth arall 'na ma'n nhw'n neud, llafaru, fatha criw yn sefyll efo'i gilydd yn deud 'run peth, dechra'r un lle a gweld os fedran nhw gario mlaen efo'i gilydd nes diwadd a gorffan 'run pryd fatha cerdd dant ond heb y miwsig, dwi 'di weld o ar teli, Steddfod yr Urdd, gin Mam. Oedd Mam meddwl bod hi'n ffwc o sifileisd yn sbiad ar Steddfod yr Urdd ar teli.

"Ddylia chi ymuno hefo côr, hogia," me' Ffarmwr mawr efo mwstash. "Peth gora newch chi byth. Raid bo gynnoch chi gora rownd Garnarfon 'ma?"

"Hen ddynion sy yn'yn nhw," me fi, achos ma'n wir.

"Wel, ddim os ewch chi a chymyd drosodd," me Ffarmwr Tash eto. "Ma'n bwysig trosglwyddo'r awena i'r genhedlaeth nesa."

Esu, oedd gynno fi barch iddo fo am ddeud hynna. Mae o 'di gweld hi do. Mond drw gario 'laen i neud petha pointles fatha canu nawn ni gadw'r iaith yn fyw, a neud yn siŵr bo gin Sain betha i ricordio, fel bod yn plant ni a phlant 'yn plant ni yn clwad. Gesh i awydd i fynd i Steddfod yn rwla, ond toedd 'na'r un ymlaen yn fama, felly mi feddylish fysan ni'n gallu cynnal un allan yn cefn lle ma byrdda bwyd a betha fysa'n neud llwyfan ocê a nesh i syjesto hynny i'r ffarmwrs ag i Ceillia.

"Be am ga'l Steddfod?" me fi fela. "Rŵan, yn fama, allan yn cefn."

Oedd pawb yn cytuno bod o'n syniad da, ond nath ffwc o neb symud, felly dwi'n ama ella bo nhw'n hiwmro fi.

Ond ma 'mhen i wedi dechra mynd i feddwl am betha fatha plant a betha, a dwi'n meddwl tybad os 'di Elen yn hogan Steddfod. Siŵr bod hi, a hitha'n gweithio'n llyfrgell ganol llyfra. Fysan ni'n gallu cael un hogyn ag un hogan efo enwa Steddfods fatha, fatha... ffwc dw'm yn cofio, Mai Gorffennaf ne rwbath fel maen nhw'n Steddfods, gora po fwya amhosib 'di o i Saeson fethu ddeud o, a Meirion Arfon Eifion Dwyfor ne rwbath ar yr hogyn. Fysan nhw wrthi o fora gwyn tan nos fel ffwc yn dysgu darna i lafaru a canu, ag Elen yn dysgu nhw achos bod hi'n medru, a finna'n gwrando, fatha taswn i'n gwbod, a nodio'n lle iawn a deud 'da 'wan' fatha ma bobol sy'n dallt petha'n neud.

Fyswn i'n mynd i iyng ffarmyrs i fi ga'l nabod hen 'ogia iawn fatha hein, joinio nhw am beint yn pyb pentra, allan ganol nunlla, ganol anifeiliaid i fi ga'l deud wrth Mai Gorffennaf 'sbia, dafad' a deud wrth Dyfed Powys be bynnag ffwc 'di enw fo, 'hei sbia, buwch'.

"Be am i chi ganu rŵan?" dwi'n deud wrth ffarmwrs achos 'swn i rili rili'n licio clwad nhw, i fi ga'l breuddwydio am Elen a fi a'r plant yn byw'n 'u canol nhw rwla bell o dre. "Canwch y gân beics 'na. Ne'r un am ddefaid seicadelic."

Ma Ceillia'n edrach yn rhyfadd arna fi, yn trio gweithio allan be dwi'n feddwl, a ma 'na wawr o understanding yn dod drosd 'i wmab o. "Geifr ti'n feddwl...? Oes gafr eto?"

"Ia, honna!" dwi'n deud, reit chuffed bod o 'di gweithio allan be o'n i'n feddwl, achos tydi'm bob amsar yn hawdd.

"Be amdani 'ogia?" me Ffarmwr Tash wrth lleill.

"Neu un o'r poems duw 'na."

"Emyn mae o'n feddwl," ma Ceillia'n cyfieithu.

A dyma nhw'n dechra canu. Ffwc oedd o'n wyndyrffwl. Fatha bod mewn consart go iawn. Ag oedd o'n well na clwad nhw ar radio neu teli achos oedd y sŵn yn uwch, toedd, reit yna o mlaen i. Gaeish i'n llygid a gwrando, a meddwl am Elen a fi a'r ddau bých, yn ista'n cae efo picnic a'r ddau bých yn mynd i rwla i chwara efo defaids a betha tra bod Elen a fi'n neud petha neis i'n gilydd, a ddim canu dwi'n feddwl.

Wedyn nesh i feddwl amdana fi'n hofran uwchben yn sbiad lawr ar Elen a fi'n ga'l picnic, ag oedd o fatha'r out of body experience 'na, ond o'n i wrth 'y modd, yn sbio lawr ar y cae, ac ar y wlad, ac ar dre draw'n bell, ac ar Gymru, a meddwl, dwi'n caru hon, dwi'n caru Cymru, a bawb ynddi, yn ffarmwrs a lwsars fatha Lori a bobol dre a bobol sy'n dwad i weld castall hyd yn oed, a Darren Williams a Neil McMahon tasa'n dwad i hynny achos fedran nhw'm help bod fel maen nhw, a bawb yn bobman yn siarad Cymraeg a nesh i feddwl, dwi'n caru hon hefyd, yr iaith ma dwi'n trio siarad, a'r ffor ma bobol sy'n gwbod sut i'w siarad hi'n iawn, fatha ffarmwrs 'ma, chwara teg iddyn nhw am 'i chadw hi'n fyw – raid bo nhw'n egspyrts ar y busnas first aid 'na, gwasgu lawr, fyny a lawr, staying alive, gadw calon yr iaith i guro – a wedyn mi welish i anfarth o dent steddfod fawr wyn allan yn ganol y wlad oddi tana fi a finna'n dal i fflio fatha taswn i 'di ca'l joint, ond mond lagyr o'n i 'di ca'l drw pnawn ond bod y canu bendigedig 'ma'n neud i fi deimlo fatha taswn i 'di cymyd wbaff.

"A-a-a-a-men," mefa nhw. "A-a-a-men," eto wedyn, ag o'n i'n meddwl 'mod i'n mynd i ddod, oedd o mor lyfli er na canu crefydd oedd o a sgin i'm llawar o fynadd efo crefydd fel arfar, ond oedd o mor neis. A wedyn gododd y noda hyd yn oed yn uwch: "A-a-a-men," meddan nhw wedyn nes neud i fi feddwl ella bod rwbath yn y busnas canu 'ma, a fysa ddim raid i fi ddysgu mwy o eiria nag 'Amen'.

"Blydi lyfli," me Ceillia ar ôl stopio clapio. "Pan gawn ni'r Gymru rydd, ddylia fod yn orfodol i bawb joinio côr."

A wedyn mi ddechreuodd ar y bregeth Ceillia: tasa gynnon ni ddigon o geillia fel cenedl, fatha Werfon, fysan ni'n rhydd erbyn rŵan. Dwi 'di chlwad hi fil o weithia os dwi 'di chlwad hi unwaith. A dwi rioed 'di dallt yn iawn be mae o'n feddwl, achos 'run faint o fôls sy gin bawb. Dynion 'lly. A sgin ferchaid ddim bôls o gwbwl. Ydi o isio i ddynion ddechra tyfu rhagor o fôls wili-nili? Dw'm yn siŵr os oes gin i ddigon o le yn 'y nhrôns, a dwi bendant ddim yn licio'r syniad bod genod yn dechra tyfu rhei.

A ma hynny'n neud i fi feddwl am Estelle. Dwi ddim wedi gweld y tri ers i ni gyrradd yma, a dwi'n gesho ella mai'n lownj ma'i. Dwi isio iddi ddod yma i gwarfod criw o ffarmwrs Gymraeg go iawn, a cha'l laff, a chanu emyna a betha – mi fysan nhw'n medru canu Amen heb fawr o draffarth, mond un gair o Gymraeg i ddysgu ydi o.

"Hen fois iawn 'dach chi," me fi wrth ffarmwrs cofn bo nhw'm yn gwbod, ar draws pregath Ceillia am 'y draffarth efo'r Blaid'. Dwi'n gwbod honno ar 'y nghof hefyd, ag oedd un neu ddau o'r ffarmwrs yn amlwg yn anghytuno efo fo, amlwg 'im yn licio bod o'n lladd ar y Blaid, er na deud ma Ceillia, dwi'n gwbod, na Plaid Cymru ydi'r unig blaid i Gymru ia, ond bo nhw weithia, mond weithia, yn anghofio rhoid yr iaith yn gynta.

Oedd y ffarmwr gwallt coch yn anghytuno efo fo ag yn dechra mynd i hwylia'n llychio enwa Gwynfor Efans a Dafydd El a bethma gwmpas lle, ag o'n i isio dangos bo fi ddim yn thic achos dwi yn gwbod pw 'di'r bobol ma, a dwi yn dallt rwfaint ar bolitics ers i fi nabod Ceillia.

"Taswn i hannar y dyn oedd Dafydd El," me fi.

"Be ti'n feddwl 'oedd'?" me Ffermwr Coch.

"Taswn i hannar y dyn oedd Dafydd El," me fi wedyn, ddim yn siŵr be o'n i am ddeud wedyn achos mond ymddangos fatha taswn i'n dallt o'n i'n drio neud, o'n i'm yn dallt bod isio ffolo-thrw efo'r malu cachu.

"Tydi o'm wedi marw," medda Ceillia, a dechra bwrw ymlaen o lle gadawodd o off efo'i bregath, "ond mynd i ddeud o'n i …"

"Taswn i hannar y dyn oedd Dafydd El," medda fi eto, a'n llygid ar gau i'n helpu fi gael y frawddeg allan, achos o'n i 'di ca'l ysbrydoliaeth sut o'n i mynd i orffan y frawddeg, "fyswn i'n ddiawch o foi."

Ar hyn, pwy ddaeth drw drws ond Estelle. Os na roth 'yn sylw fi dop hat ar bregethu Ceillia, mi nath dyfodiad Estelle. Mi drodd y ffarmwrs i gyd i edrach arni fatha lloi. Sy ond yn apt ella. Ella na ffarmwrs lloi oeddan nhw.

"Be ffwc...?" glwish i un yn dechra dan 'i wynt, a ddim cymint dan 'i wynt â hynny chwaith.

"So this is where you've been hiding," me Estelle wrtha fi a Ceillia a phwyntio at drws cefn. "Thought you'd scarpered."

Mi ddiflannodd Ceillia i mewn i'w beint, a ddechreuish i godi i fynd allan efo Estelle. Oedd 'na wiff o rwbath diarth yn y gwynt a to'n i'm yn licio fo. Rwbath fatha ciachu neu'r stwff 'na ma'n nhw'n rhoid ar gaea. Tail. Dyna fo. Hogla tail, mond mai'n ddiarhebol dwi'n feddwl o, ddim yn actiwal. Oedd 'na rwbath yn yr olwg ar wynab y Ffarmwr Coch ag un neu ddau o'r lleill.

Ddechreuodd un giglan i'w wydr peint.

"Betha fel'ma sgynnoch chi yma?" holodd Ffarmwr Tash yn uchal, meddwl bod Estelle ddim yn dallt. A toedd hi ddim. Ond mi o'n i.

A gesh i ffwc o siom ynddan nhw. O'n i wedi bod yn hedfan uwchben caea'n meddwl 'mod i isio byw fatha rhein, y ffarmwrs 'ma sy'n neud cymint i gadw'r iaith yn fyw.

Mi shyfflodd Ffarmwr Tash oedd nesa at Ceillia a fi ar ei stôl, fatha tasa fo'n trio symud i ffwr oddi rwtha fi, er bo fi 'di codi ar 'y nhraed. Mond am bod Estelle yn gwisgo stiletos coch a ffrog sicwins, oedd o'n actio fatha cont, a nesh i benderfynu 'swn i'n mynd cyn i fi gael rhagor o siom.

Tasa fo ond yn gwbod am Mai Gorffennaf ag Eifion Arfon Meirion Dwyfor ag Elen a fi, a'r cyfan o'n i 'di gweld yn y 'ngweledigaeth, fysan nhw'n gweld gymint dwisho'r un petha â nhw.

Ond dwisho petha erill hefyd, dwisho i betha erill fod yn iawn 'run pryd, a nesh i feddwl, nesh i feddwl: ffwc, pam ma raid i betha wrthdaro, pam bo raid i ni ddewis naill ai neu fatha papur egsam, naill ai ti'n Gymro neu ti'n sefyll drosd i bobol ga'l byw fel ffwc ma'n nhw isio mond bo nhw'm yn brifo neb arall, a be ffwc o bwys oedd o bod Estelle yn gwisgo ffrog a stiletos a neilfarnish, be ffwc o bwys oedd hynny iddo fo?

Nesh i'm boddran deud ta-ta cofn i fi cholli hi a to'n i'm isio'i cholli hi achos gormod o ffraeo sy, felly ddilynish i Estelle allan, a toedd hi ddim 'di sylwi ar ddiffyg manars y ffarmwrs, ddim i weld.

"We're feeling a bit peckish," medda Estelle. "Fancy coming for a bite?"

A mi ddilynish i hi a'r ddau arall – Mitch a Bigsy dwi'n dallt rŵan – allan o Black Boy, allan o sŵn josgins yn giglo i'w peintia.

Oedd hi 'di dechra twllu, myn ffwc. Raid bod amsar 'di hedfan tra bo fi'n Black Boy yn gwrando ar gora ffarmwrs. Raid bod oria 'di pasio, ag oedd hi'n anodd ca'l 'y mhen rownd y twllwch.

"Pwy sy 'di diffodd gola?" me fi, ond toedd y tri arall 'im yn dallt thgwrs, a finna'n rhy chwil i gyfieithu.

"Where can we get a curry?" me Estelle, ag oedd raid i fi droi rownd i feddwl lle ddiawl o'n i er bo fi'n nabod y blwmin lle ma fatha cefn yn llaw, well na cefn 'yn llaw, achos ma cefn yn llaw i rwbath debyg i cefn llaw bawb arall am wn i, a Stryd Plas a Gnafron ddim yn debyg o gwbwl i gefn llaw neb na nunlla arall.

Gofish i am Bengal Spice. Ia. Fforna. A dwi'n dilyn y tri tuag at y gola. Un o'r golas 'ta, achos ma Stryd Plas yn lle reit braf efo goleuada a fflagia a siopa betha neis i sbiad arnyn nhw, fatha ornaments a tshocled a llyfra a pyb newydd farchnad a betha.

Bechod bod Castall ochor draw yn lluchio'i gysgod mawr hyll drosd bob dim ond fel arall, dwi'n licio Stryd Plas.

A dyna lle mae hi, yn ffenast Loti and Wren, neu ddim *yn* y ffenast ond o'i blaen hi, yn un o dair a dau hogyn, a maen nhw'n chwerthin, mae *hi*'n chwerthin, mewn ffor' na welish i hi'n neud yn llyfrgell erioed, a ma'i dannedd hi'n goleuo fyny i gyd wrth iddi neud a'i llygid hi, rhei brown, brown ydan nhw er na wela i mo'u lliw nhw o fama, ochor arall stryd Plas, ond dwi'n gwbod na brown ydan nhw tydw, siŵr iawn, a maen nhw'n ddwfn, ddwfn ddigon i moddi fi, a di'r hogia sy efo nhw ddim yn edrach fatha cariadon, ond fedra i'm tyngu, a dwi'n cer'ad fymryn yn arafach, tu ôl y lleill, cofn iddi fethu 'ngweld i'n 'u canol nhw, ac eto ac eto ella sa well taswn i'n 'u canol nhw, iddi fethu ngweld i, achos dw'm yn siŵr os dwi isio iddi 'ngweld i a methu 'ngweld i 'run pryd, a ma un o'r genod sy efo hi'n deud rwbath arall sy bownd o fod yn hileriys achos ma Elen yn chwerthin eto, a dwi'n ysu, ysu, ysu iddi sylwi mod i yma mod i'n bod mwy na phentwr o lyfra ar silff a ma un o'r hogia'n deud rwbath a wedyn ma Elen yn deud "Ia? Go iawn?" fela a dwi'n ysu, ysu isio gwbod be sy go iawn, be ma'i 'di glwad, be mai'n feddwl sy'n werth chwerthin amdano fo a ma amser yn arafu a dwi'n mynd mor ara a galla i heb edrach fatha nob a dwi'n ysu isio iddi 'ngweld i a gwbod 'run pryd na neith, na neith, na neith hi sylwi a bod y pedwar arall sy efo hi'n llawar mwy diddorol a pam sai'n nabod rwun sy jest yn dwad i llyfrgall rownd rîl i sbio ar y llyfra ag ar y cyfrifiadur a sy'n neb mewn gwirionedd sy'n neb sy'n neb o bwys yn neb a dan ni yn Bengal Spice a wedi pasio a dwi'n neud i fi'n hun feddwl am fwyd, sy ddim yn anodd achos dwi isio bwyd rŵan, a ma isio bwyd yn llifo fewn i lle oedd isio Elen, ddim yn llwyr ella, ond ma'r lleill yn deud wrtha fi am ddwâd, felly dwi'n mynd i mewn efo nhw.

Ma Estelle yn gofyn i boi'r Indian os oes gynno fo le i bedwar a oes ma 'na lwcus, a dyma fi'n meddwl sa well mi beidio gwario gormod, lle bo gin i'm digon ar ôl i ga'l cwrw, a fysa dda gin i tasa Ceillia wedi dod hefo ni, i fi fod yn siŵr na fydd raid i fi dalu am rownd heno eto.

Dwi'n dewis y peth rhata ar y meniw heb feddwl be ddiawl ydi o, achos dw'm yn dallt llawar ar fwyd ista lawr.

Ond cyn i ni ddechra ordro, pwy ddaw i mewn drw drws ond saith o ffermwrs a Ceillia'n 'u canol nhw. Ma'r ffarmwrs yn mynd yn syth i'r ffrynt, i ordro tecawe amwn-i, a Ceillia'n dod aton ni.

"Be dach chi am ga'l?"

"Dw'mbo," me fi. "Yniyn baji dwi'n meddwl."

"Raid i chdi ga'l mwy nag yniyn baji," me Ceillia.

"Pw ti, 'y nhad i?" me fi, a dechra chwerthin fatha rwbath 'im yn gall at 'y noniolwch yn hun.

Mae Estelle yn gwenu, meddwl be ddiawl 'dan ni'n ddeud wrth yn gilydd, Ceillia a fi. A dwi'n chwerthin mwy wrth 'i gweld hi'n edrach mor ar goll. Dwi'n sylweddoli 'mod i'n lysh-gach, ond lysh-gach neis ydi o, ma raid mi ddeud. Dwi'n hapus braf, fatha llo, a dim byd i dorri ar draws 'yn nefoedd i.

"Come on, ching-chong, we want a table for seven."

Ffarmwr Coch sy'n siarad efo dau o'r Indians yn ffrynt, a dwi'n mynd yn oer drostaf, mbwys am y deg peint o lagyr neu bebynnagydio dwi 'di yfad. Mae o'n sefyll reit tu blaen i boi Indian, a'i wmab o bron yn twtshad 'i drwyn o, trwyn yr Indian. Taswn i'r Indian, 'swn i 'di rhoid stid iddo fo, ond mae'r Indian, chwara teg iddo fo, mond yn deud yn dawal bod gynnon nhw'm bwrdd i saith yn rhydd ond os ydan nhw isio aros chwartar awr, ma'n ddigon posib bydd gynnyn nhw le…

"I'm not waiting quarter of an hour," medda Ffarmwr Tash. "Ching-chong better get us a table now."

To'n i wir, wir ddim yn coelio 'nghlustia. Dau 'nyn nhw oedd wrthi. Deud gwir oedd y pump arall yn trio'n galad 'u ca'l nhw i gallio, yn edrach reit embarasad, ond oedd y Tash a'r Coch yn ca'l myll mwya, fatha tasa gynnyn nhw hawl i ga'l myll fatha tasa gynnyn nhw hawl i fwrdd er bod na'm un yn rhydd, be oeddan nhw'n ddisgwyl i'r boi bach neud? Bwrw wal drwadd i neud egstenshyn a gosod bwrdd sbesial i saith yno iddyn nhw, a hynny o fewn y chwartar awr nesa oedd y ddau dwatyn yma'n cau gwitsiad?

A dyma'r ddau o'n i 'di bo'n barod i lyfu'u sgidia nhw'n Black Boy!

"Ching-chong better do it now!" Mi oedd y Tash yn codi'i lais. A be oedd mwya chwerthinllyd os mai dyna'r gair, achos teimlo fatha crio o'n i ddim chwerthin, oedd bod o'n ca'l 'i abiws mor rong, 'i fod o'n conffiwsio'i hiliaeth, yn galw 'ching-chong' ar yr Indian bach a nesh i fyllio fwy fyth wrth feddwl am hynny rwsut achos oedd o mor thic doedd o'm hyd yn oed yn gwbod be oedd y term of abuse cywir yn 'i frand o o hiliaeth i ddeud wrth y boi bechod, a blydi hel dwi'n teimlo myll yn codi, fatha tasa rwbath wedi cynna yn 'y nhin i i neud i fi godi, a dwi'n gweld bod Estelle wedi sylwi achos mai'n sbio fyny arna fi'n consyrnd, fatha tasa hi am ddeud 'leave it, it's not worth it,' a dwi'n gwbod yn iawn nad ydi o werth o ond dwi'n neud o be bynnag a dwi'n cerad fyny at y Tash a rhoid cythral o stid i drwyn o

mond mai'i ên o dwi'n ddal a mae o 'di rhoid un nôl i fi ond dw'm yn 'i theimlo hi a dwi'n taro ato fo eto ond yn dal talcian y Coch yn lle'r Tash mewn mustêc, ond tydi o fawr o fustêc achos dwisho hitio'r ddau be bynnag, a wedyn ma felsa na ryw don fawr yn 'yn cario ni fatha llanw, neu rwbath, be bynnag ydi gwrthwymab llanw, allan o'r lle bwyd, a dwi'n meddwl ella bo gweddill y ffarmwrs, y pump call, a'r Indians, ag Estelle a Ceillia a Mitch a Bigsy wedi gafal yndda i a'r Coch a'r Tash a'n cario ni allan i stryd Stryd Plas dwi'n licio stryd Plas ond ffwc mai'n troi fatha olwyn yn 'y mhen i a peth nesa ma sŵn gweiddi a dwi'n sychu nhrwyn gwaed ar yn llawes, damia, be ddudith Elen, ma'i 'di mynd gobeithio, ma raid bod hi 'di mynd o Loti and Wren, a tydi'm yno pan dwi'n troi 'mhen a snychs hyll yn dod o 'nhrwyn i'n goch a stremps, a sgin i'm Lynx i gyfro smel, a fedra i'm smelio efo trwyn gwaed, a be di'r holl sgidia a pafin 'ma, a dwi'n trio codi a Ceillia – Ceillia ydi o? – ag Estelle, yr hogan 'ma sy allan yn dre heno, ma'n nhw'n 'y nghodi fi, a dwi'n disgyn nôl eto clatsh, a bawb yn gweiddi a ffarmwrs yn rhedag off achos ma rwun arall 'di cyrradd a dwi'n gweld y car a dwi'n gweld y dichada plisman a dwi'n nabod o ond bo fi'm yn cofio'i enw fo achos dwi'n chwil, neu 'di ca'l stid a rwfaint o'r ddau amwn-i sobra wir dduw, sobra! dwi'n deutha fi'n hun, a dwi'n meddwl, dwi'm isio sels, o na plîs, dwimisio sels, dw'm yn barod i orffan y nos, mai'n gynnar bobol! Mond dechra ma'r noson, a dwi'n deutha fi'n hun, callia, callia, ag yn lle aros i siarad efo bedienw fo, mochyn, Mic Mochyn, dyna fo, yn lle aros i siarad efo Mic Mochyn, cyn iddo fo 'nghyrradd i, dwi 'di dechra rhedag off fyny stryd Plas am y castall, a rownd y castall, a dwi'n aros fanno wrth car parc Cei Llechi i ga'l 'y ngwynt, a rhedag pwl eto, rw chydig gama nes mod i'n colli ngwynt eto, ond yn goro dal i fynd dal i fynd achos dwi'm isio nhw ddal fi, beth rhyfadd bo nhw heb 'y nal i, achos dwi'n ffwc o slo, a wedyn dwi'n clwad rwbath yn dod yn rhedag tu ôl fi felly dwi'n cymyd y goes eto am bont rabar i ddianc rhag bacha'r gyfraith rhag bacha Mic Mochyn mond na toes gin fochyn facha.

"Hey, hold on!" dwi'n clwad Estelle, a dwi ar y bont erbyn hyn, a dwi'n troi ar ôl meddwl na cops sy ar ôl fi, a gweld na hi oedd 'na all-along, yn cario'i stiletos coch a rhedag yn 'i theits. "What the hell are you running away for?"

A dwi'n deuthi, trio ca'l y geiria allan, bo fi'm isio noson yn sels. A ma hi'n confinsio fi'n diwadd bod Mic Mochyn ddim isio neud fath beth. Bod boi'r Indian 'di deud na ddim arna fi ma bai ond ar y Tash a'r Coch a bod dim diddordeb o fath yn y byd gynno fo yn'o fi.

Mai'n trio nghael i i fynd nôl efo hi i ganol dre, ma'i 'di clwad am Cofi Roc ac isio mynd yno, a dyna lle dwytha dwisho mynd hyd yn oed os 'di pres gin i i fynd fewn, ond sa well gin i farw na mynd i'r deif i ganol chwys bobol erill, ma hogla'n chwys yn hun yn ddigon drwg, a methu clwad 'yn hun yn siarad na neb arall mond sŵn miwsig cachu'n blastio mrên-sels i'n dwll, gymint â sgin i.

A be bynnag, dwi 'di gosod 'y mryd ar fynd i Coed Helen i stampio penna bloda.

Ond 'swn i wrth 'y modd tasa Estelle yn dwad efo fi am rw reswm. Ma'i'n gwmni da, er na mond heddiw dwi'n nabod hi a gollish i lawar gormod ar 'i chwmni hi yn Black Boy yn wastio amsar yn siarad am steddfoda. Dwi'n dechra cer'ad draw i gyfeiriad Coed Helen, a heb i mi ofyn iddi, ma hi'n dod efo fi.

Dwi'n siŵr sa Estelle yn seren mewn Steddfod. Siŵr sa hi'n dysgu Cymraeg, fysa hi'n seren y genedl. Dwi'n ffendio mod i 'di gafal yn 'i llaw hi, ond ma hi'n gwbod na mond fatha ffrind dwi'n neud o, felly dwi'n dechra deuthi am Elen.

"There's this girl," me fi a ffendio Susnag yn anodd i ga'l 'y nhafod o gwmpas yn 'y nghwrw. "She's ab-so-lute-ly love-ly." Dwi'n siarad yn ara deg i ga'l y geiria allan yn iawn.

"Yes, they usually are," me Estelle.

Dan ni'n cerad fyny llwybr serth a finna methu ca'l y ngwynt a tanio ffag run pryd. Dwi'n cynnig drag i Estelle a mai'n gymyd o, ag yn smocio fatha hen ffilm star, chwthu cylchoedd, a rhoi ffag nôl i fi, ond mai'n edrach mor classy sa well gin i golli'n ffag a gwylio hi'n smocio hi.

A dwi'n dal i sôn am Elen. '" wish I could…"

"Yes, I'm sure you do," me Estelle a dwi'n sylweddoli bod hi'n gwbod pob dim a dio fawr o syndod deud y gwir achos ma'i 'di ca'l y fath brofiada'n 'i bywyd, sut na fysa hi'n gwbod bob dim. Ma Ceillia'n meddwl bod o'n gwbod bob dim, ond tydi o ddim, achos dysgu gitârs i blant mae o ddim newid o fod yn fo i fod yn hi fathag Estelle a ddim be 'dach chi'n glwad neu'n 'i weld sy'n neud chi'n wybodus ond be dach chi'n byw.

Dan ni'n cyrradd y bloda a ma Estelle yn deutha fi am roi gora i gicio penna bloda, a gofyn pam dwi'n neud, ond dwi'm yn gwbod pam. Ma'n teimlo fatha bihedio bobol a weithia, weithia dwi'n teimlo fatha bihedio bobol. Pwy slwtsh-frên feddyliodd am neud fath beth? A dwi'n sylweddoli mod i ddim wir isio bihedio bobol chwaith, bod bloda'n neud y tro, sbwylio rwbath hardd am bo fi'n gallu, am bo fi'n flin, a well sbwylio bloda na bihedio bobol go iawn.

Dwi'n deud wrth Estelle bo fi'n teimlo fatha torri fewn i castall i roid y lle ar dân gin bo gin i leitar, ond mond cerrig 'di castall felly ela fo ddim ar dân cont, heblaw, heblaw 'de, dwi'n deud wrth Estelle, heblaw bo fi'n rhoid yn hun ar dân fatha suicide bombers fatha Mwslims, a wir ma gin i ffwc o barch at rei o rheini am farw drosd 'u hegwyddorion, raid bo nhw'n teimlo'n ffwc o gryf, ag ella na dyna ma Ceillia'n feddwl wrth ddeud 'tasa gynnon ni fôls' a 'di bobol wlad yma (Lloegar dwi'n feddwl ddim Cymru dwn i'm pam ddudish i hynna) ddim yn dallt egwyddorion a ma Mwslims yn cha'l hi gynnon nhw a cha'l 'u galw'n terorists er na mond lle dach chi'n sefyll sy'n dangos pw di terorists go iawn a hîros 'di'r un bobol i rwun arall sy'n sefyll rwla arall. A 'run lliw sy i waed bawb, dan y croen a na lliw y croen sy'n neud y gwahaniaeth, ddim lliw'r gwaed, a bechod bo bobol yn casáu gwahaniath er na gwahaniath ydi'r peth gora yn y byd i gyd.

Dwi'n gwasgu llaw Estelle wrth orffan pregethu, sgynni'm ffwc o syniad be dwi'n rwdlan.

"Ok," me fi, "I'll stop kicking the flowers."

Dan ni'n mynd i ista ar swings fatha plant bach, fi ar un a hitha ar llall yn reidio seid sadl i sbiad arna fi wrth siarad efo fi.

Dwi'n hogleuo stinc Cei Llechi o fama hefyd, fathag o dre.

Mae o'n dal yna, er bod hi 'di twllu. Sticio atach chi fatha gelod bob modfadd ohonach chi a ddim jest drewdod Cei Llechi, ond dre i gyd. Weithia, ma hogla dre'n neis, peidiwch cael fi'n rong, ond weithia mae o fatha hogla siwars o Cei Llechi.

"She's really gotten under your skin," me Estelle er bo fi ddim wedi sôn gair am Elen ers sbel 'ŵan. Siarad am derorists a Gnafron dwi 'di bo'n neud. Ond ma Estelle fatha tasa hi'n dallt. "Why don't you ask her out? You might be surprised."

Ond dwi'n gwbod yn iawn na ddim ffilm ydi mywyd i a bod na'm atebion mond cwestiyna. Dwi'n bod yn wirion weithia a meddwl tybad taswn i'n ca'l joban fach iawn naw tan bump, a cha'l lle i fyw yn rwla fatha Llanrug ne Felin, a myrjo fewn efo bobol canol ffor', hogia canol ffor' fatha sgynnyn nhw ffor'ny. Dau egstrîm sy 'na'n dre, hogia dre, 'de, sy'n gallu bod yn brats, fatha Darren a Neil a lot o lleill sy mond yn gwthio drygs ar bawb i leinio pocedi'u hunun, sgym, ffycars, gas-gin-i-nhw, neu'n bobol capal a betha felly, bobol sy'n rhedag lle ma i'r gweddill 'na ni. Ond yn Llanrug neu Felin, ma gynnyn nhw bobol yn canol, a fyswn i'n gallu bod 'run fatha nhw, sy'n chwara mewn pop groups neu'n coachio pêl-droed i blant ag yn mynd i nosweithia rhieni – fyswn i'm yn mynd i rheini nes byswn i ag Elen 'di ca'l plant thgwrs, dwi'm yn pyrf.

"She'd never…" dwi'n dechra a dwisho siarad am rwbath arall sydyn reit, dw'm isio siarad am Elen, a dwi'n styriad gofyn i Estelle ddod am dro 'rhyd llwybr beics, ond fysa hynny rhy od ma siŵr a hitha'n ddynas hefo coc, er na mond isio siarad efo hi fyswn i, felly dwi'n syjesto mynd yn ôl i weld lle ma lleill, a ma Estelle yn sbarcio, felly dwi reit siŵr bod hitha'n bôrd hefo fi'n mwydro am Elen, fatha dwi'n bôrd hefo fi'n hun am fwydro am Elen.

Dwi'n goro anghofio am Elen yn sydyn reit ar ôl cyrradd nôl i Maes. Ma pawb am y gora'n fanno'n chwydu'u gyts allan a moch yn bwcio pawb am symud, a teenagers yn mynd am Cofi

Roc yn 'u heidia, a lle cibábs yn rhy llawn i fynd i chwilio am rwbath i fyta achos, ffwc, dwisho bwyd 'ŵan.

Raid bod yn stumog i 'di meddwl sa hi'n ca'l rwbath yn y lle Indians, a wedi ca'l y fath siom pan welodd hi na chafodd hi'm byd blaw gwylio'r gweddill na fi'n ca'l stid. A dwi'n gweld cip o Bob Ceillia'n byta cibáb a dwi hannar awydd mynd ato fo i ofyn am chydig gin bod y ciw'n rhy hir, ond sgin i'm mynadd cwffio drw bobol a beryg bo fi 'di manteisio gormod ar haelioni Ceillia drw nos unwaith eto fyth i fentro mynd â'i fwyd o hefyd.

A be bynnag, ma Estelle yn deud ta ta 'tha fi a dwi'm isio iddi fynd ond ma Mitch a Bigsy wedi ymddangos o rwla a'n deud bod raid iddyn nhw fynd nôl i gwesty rhag ofn iddyn nhw ga'l 'u cau allan a dwi'n teimlo mor uffernol o drist bod hi'n mynd ag isio gofyn os dan nhw o gwmpas lle fory, ond dwi methu ffendio'r geiria iawn rwsut, a dwi'n teimlo na, na paid mynd dwi mond dechra dod i nabod ti a isio gwbod betha amdana chdi ag isio ti'n glust i 'ngofidia fi am Elen ag isio, isio plîs paid mynd, ddim eto, ond dwi methu deud gair, fatha taswn i mewn breuddwyd a dim rheolaeth o fath yn y byd drosd ddiawl o ddim.

Na na na na na paid mynd! dwi'n gweiddi tu mewn, fatha sgrech mond bod hi'n cau dod allan.

A wedyn yr eiliad nesa, ma Estelle wedi mynd a ma Mic Mochyn yn sefyll o mlaen i a dwi ar fin deud o ffwc, trystio'n lwc i, blwmin sels amdani, blydi hel, gadwch lonydd i fi, o'n i'n meddwl bo fi 'di ca'l getawê… ond ddim isio bwcio fi mae o, ond isio'n help i, a dwi'n meddwl, blydi hel tasa Ceillia'n gwbod bo fi'n police informer, neu be bynnag dach chi'n galw bobol sy'n helpu plismyns, fysa fo'n troi yn 'i fedd tasa fo 'di marw.

Ond isio fi fynd â Lori adra ma Mic. Ma hynny'n digwydd yn amal. Mic yn gofyn i fi drio mynd â Lori adra achos bod hi'n pisd neu'n high neu'r ddau ar llawr yn rwla. Ma Lori'n licio pafins ma raid gin i achos mai'n treulio rhan fwya o'i bywyd yn swsio nhw.

Dwi'n ddilyn o, o hirbell achos ma bobol yn gweld, i bendraw Maes wrth y Post Offis, lle ma cloc arall yn deud clwydda 'tha fi, a dwi'n cofio am Post Offis Dulyn a Padrig Pearse bob tro dwi'n fama, achos ddudodd Ceillia bo chi'n dal i allu gweld hoelion bwlets rhyddid Werfon ar y walia'n fanno. A mond lle gwerthu stamps oedd o. Fysan ni'n gallu dechra saethu at fama i ennill rhyddid Cymru, ond dw'm yn siŵr os fysa hynny'n neud y tric. Sa'n neud mwy o sens i saethu at castall, ond dw'm yn siŵr am hynny chwaith am bod Edward a'r Saeson 'di hen g'luo hi o fanno.

Ma Lori ar lawr rochor draw i'r bocs post second class.

Ma Mic Mochyn a finna'n sefyll uwch 'i phen hi fatha 'dan ni 'di neud droeon o'r blaen mewn gwahanol ranna o dre.

"Lori…" medda Mic, cyn deud yn uwch, "Lori! Coda! Amsar mynd adra!"

Tydi'm yn byjo wrth gwrs, ag wrth bo fi'n codi 'mhen, dwi'n gweld y ciw tu allan i Cofi Roc ac Elen a'i ffrindia'n sefyll yn 'i ganol o i fynd mewn, a dwi'n meddwl, ella, ella

ella heno, taswn i'n joinio'r ciw, a ma'r pres gin i, ella gallwn i fynd i mewn a 'digwydd' taro arni, gofyn am ddans, cynnig drinc, deuthi gymint dwi'n licio'i llygid hi, 'i dillad hi, y ffordd ma'i'n tynnu'i llaw drwy'i gwallt, ag yn dal 'i phen ar rochor i wenu, deuthi, deuthi, ella ella

"Mond os na sgin ti'm byd arall i neud, boi," me Mic, chwara teg iddo fo, mochyn neu beidio, yn gweld fi'n sbio draw at Cofi Roc

a dwi'n meddwl eto, ella, ella heno

a wedyn dwi'n sbio lawr ar Lori a meddwl be neith Lori os na dwi'n mynd â hi adra, be neith hi os 'di'n deffro'n sels a'r ffigments i gyd yn rasio nôl i mewn i'w phen hi, be neith Lori?

a dwi'n sgubo 'ella' allan o 'mrên i, a dwi'n sbio lawr ar y pafin eto, a phlygu i weld os ydi hi 'di chwdu a dydi hi ddim sy reit braf a dwi'n rhoid 'y mraich dan 'i braich hi a thrio'i chodi hi a ma Mic yn neud run fath rochor arall.

Sna'm owns o fywyd yn'di. Ma'i jîns hi'n llwch i gyd ar ôl gorfadd ar lawr, a'i hwmab hi'n wyn, wyn. Mae 'na rycha arno fo am bod hi'n fforti-tw ond ma Mam yn fforti-tw a ddim rhycha fatha rhei Mam sgyn Lori.

Rhycha byw ydan nhw, neu rycha marw debyg, achos fel'ma ma Lori amla, out of it, yn byw yn 'i phen – gobeithio, achos 'di'm yn byw yn unman arall. Ddudodd hi wrtha fi unwaith bod hi'm yn ffitio a feddylish i na sôn am 'i thop hi oedd hi achos rw fandyn bach tyn, tyn gwyn oedd hwnnw fatha rwbath fysa teenager yn wisgo ac oedd 'i hesgyrna hi i weld drwyddo fo ddigon i neud i fi isio estyn allan i redag 'y mys drosd 'i ribs hi i weld os oeddan nhw'n canu fatha telyn i fi ga'l canu cerdd dant efo hi, ond nesh i ddim, mond meddwl am y top fatha'r peth oedd ddim yn ffitio.

Ond dwi 'di meddwl wedyn ella mai sôn amdani'i hun oedd hi. Tydi'm yn deud rw lawar wrtha fi am be ddigwyddodd, ag ella na ddigwyddodd ddim byd iddi, ma hynny'n gallu bod lawn mor drist weithia, y diflastod o ddim byd yn digwydd, ond ma gin i rw syniad ella bod rwbath 'di digwydd naill ai iddi, neu ynddi, achos tydi'm o'r gyllath siarpa'n y shoe-box pan na tydi'm yn high. Siarad efo hi'i hun rownd rîl achos pw arall neith siarad efo hi? Am wn i bod y ffin rhwnt bod yn high a bod ddim yn gall fel arall yn pylu wrth bo chi'n rhywun fatha Lori, iwsio drygs i ga'l madal efo monstars yn ych pen chi mond i greu monstars gwahanol efo'r drygs. A po fwya o bobol sy'n ych pen chi, lleia'i gyd o bobol go iawn sy isio'ch nabod chi.

Gas gin i'r pwshars. Ffycars ydan nhw. Darren Williams a Neil McMahon a bawb debyg iddyn nhw. Tydan nhw byth yn iwso drygs am bo nhw'n gweld be ma'n nhw'n neud i bobol, am bo nhw *isio* i bobol erill ger'ad drw uffern yn slo slo bach iddyn nhw ga'l dod yn ôl am ragor drw'r amsar. Taswn i'n ca'l gafal ar bawb sy'n pwsio'n dre 'ma, 'swn i'm munud yn gosod nhw fyny'n erbyn wal y Post Offis 'ma a'u saethu nhw fatha'n Werfon, bob un wan jac, a wedyn yn troi'r castall yn ganolfan newid bobol ga'l nhw off drygs ac off y llunia yn 'u penna, 'u ffigments i gyd a dechra byw go iawn lle byw'n 'u penna efo'r ffigments a fysa Lori'n iawn, fysa Lori'n well a fysa neb yn goro cer'ad drw uffern, drw dre, drw nunlla…

a dwi'n rhoid yn ysgwydd o dan fraich Lori, a ma Mic yn gofyn 'iawn?' cyn gadal fynd ar 'i ochor o, a dwi'n deud 'iawn' achos ma Lori fatha pluen, ma'i mor fach, a dwi'n rhyfeddu eto pa mor ysgafn ydi hi er bod hi 'run oed â Mam sy bownd o fod yn twelf stôn – 'dwi 'di ca'l pedwar o blant ma gin i hawl i fod yn dew, y cythral bach'

a sarna fi ddim iddi achos di'm yn perthyn na'n ffrindia, fuish i rioed yn 'i chwmni hi drosd beint na throsd banad na throsd ddim byd arall drosd ryddid collasant eu gwaed,

a dwi'n siarad fawr ddim efo hi pan ma'i adra a finna adra mond pan mai'n sgrechian arna fi i beidio sefyll ar Y Gath ar grisia

a tydi byth mewn cyflwr yn nos pan dwi'n mynd â hi adra fatha rŵan, ond yn methu deud gwahaniaeth rhyngtha fi a bobol yn 'i phen a sgyn hi'm byd

a ma'n deimlad od achos pan mai'n 'i phetha – gymharol 'lly, yn dydd, cyn iddi ga'l ffics a cyn iddi ddechra ar y fodca, dan ni fel dau ddiarth heblaw am sgrechian arna fi i adal llonydd i Y Gath, fatha dieithriaid dan yr un to, byth yn siarad go iawn, ac eto ac eto…

yn nos fel'ma, dwi'n gafal ynddi, dwi'n goro gafal ynddi, a mai'n rhw lun o ddragio'i thraed, ond dwi fwy neu lai'n 'i chario hi, a dwi'n teimlo' senna hi dan 'i thop bach bach bandyn gwyn pyg hi, yn 'u teimlo nhw fatha na theimlish i esgyrn neb o'r blaen yn iawn, ag yn teimlo'i hanadl hi ar 'yn ysgwydd hi lle ma'i phen hi'n gorffwys, a sgynni'm syniad mod i yno hyd yn oed – er bod hi'n gwbod na fi sy'n dod â hi adra, ma raid bod hi'n gwbod

'swn i'n gallu gafal yn 'i bronna bach hi, hyd yn oed, siŵr bo nhw'n grebachlyd a hitha mor hen, ond dwi ddim yn neud a dwi ddim awydd neud achos ma'i fatha brigyn a dwi ofn iddi dorri

dwi ofn iddi fethu â chodi o'dd ar y pafin rw nos achos dw'm yn siŵr sut fyswn i'n teimlo tasa rwbath yn digwydd iddi a finna wedi gafael ynddi mor mor…

dwi'n cerad a bron na fyswn i'n gallu'i chodi hi a'i chario hi fatha plentyn yn 'y mreichia

dwi'n cerad drw dre, drw bobman dwi'n nabod, ar yr un llwybr adra, ag er bo fi 'di ca'l peintia a peintia, dw'm yn teimlo 'di meddwi go iawn,

ma isio bod mor ofalus efo rwbath mor fregus â Lori,

a dwi'n teimlo mai fy lle i ydi hyn, cario rwbath mor fregus, 'i gario fo yn agos ata i, i dendiad o, 'i thendiad hi

Lori

a felly awn ni adra, hi a fi, fyny grisia, lawr grisia, i'n gwlâu

i freuddwydio.

Galw

PAN GANODD Y ffôn am hanner awr wedi chwech, y bore dydd Llun hwnnw, neidiodd Lili o'i gwely yn ei dychryn, a dioddef mymryn o benstandod ar ôl gwneud.

Ofnai y byddai'r sŵn yn treiddio trwy'r wal denau at Mrs Jones drws nesa lawr a Mr Downs drws nesa lan.

"Pwy ar wyneb y ddaear…?" gofynnodd iddi hi ei hun, a cheisio meddwl pa gyflwr oedd ar iechyd ei chyfneither yn Rhydyfelin, ei nith yn Boncath a'i nai yn Dubai y tro diwethaf iddi fod mewn cysylltiad â'r un o'r tri, a meddwl wedyn pwy arall oedd ganddi'n deulu a allai fod wedi ymadael â'r fuchedd hon gan beri angen i'w hysbysu cyn i ferched ifanc sodlau-stilts a nicyrs-llinyn cŵn Caer fynd i'w gwlâu.

"Helô…?" gofynnodd yn betrus, cyn ychwanegu ei rhif, a damio'i hun wedyn am ei roi: dylai wybod yn well bellach, a hithau'n byw a bod ar y ffôn, i beidio â chynnig manylion personol i'r sawl oedd ar y pen arall, ond roedd hi'n hanner amau mai camgymeriad oedd yr alwad: pwy ar wyneb y ddaear fyddai am ei ffonio *hi* mor gynnar yn y bore?

"Chi!" meddai'r llais ar ben arall y lein, gyda dogn nid ansylweddol o gyhuddiad ar ei fin.

Canu yn ei chlust wrth fynd allan, nid canu yn y tŷ wrth ddod i mewn, a wnâi galwadau ffôn i Lili fel arfer.

*

Treuliai Lili'r rhan fwyaf o'i dyddiau ar y ffôn ers iddi ymddeol yn gynnar o'i swydd yn y llyfrgell yn unswydd i neilltuo mwy o'i hamser i'w – wel, hobi fyddai'r gair angharedig, a digon posib mai cenhadaeth fyddai'r disgrifiad mwyaf caredig.

Pan oedd hi'n gweithio yn llyfrgell y dref o naw tan bump bob dydd, ychydig o amser fyddai'n weddill yn ei dyddiau i fynd i estyn y pad papur i ysgrifennu'r llith ddiwethaf a ddôi i'w phen, neu i godi'r ffôn, i roi llond pen i'r nesaf ar y rhestr hirfaith roedd hi'n ei chadw ym mol y cyfrifiadur.

Cwmnïau a sefydliadau oedd cynnwys y rhestr, a byddai'n treulio oriau'n cyfansoddi llythyrau â beiro ar gyfer y drafft cyntaf, cyn eu teipio wedyn i'w chyfrifiadur er mwyn cael copi glân, proffesiynol yr olwg, i'w anfon at y pwy neu'r pwy, neu byddai'n siarad nes bod ei llais yn grug â chynrychiolwyr y cwmnïau ar ben draw lein ffôn.

Ers iddi ymddeol, gallai Lili ymrwymo'i holl oriau effro, fwy neu lai, i'w gwir broffesiwn – cwyno. Neu i fod yn deg, ac yn fanwl gywir yr un pryd, i gwyno am ddarpariaeth cwmnïau, busnesau, sefydliadau, cyrff, cynghorau, byrddau, grwpiau, pwyllgorau, cymdeithasau yn y Gymraeg – neu ddiffyg y cyfryw ddarpariaeth â bod yn fwy manwl gywir. Ychydig o'r endidau diwyneb hyn a gâi lonydd gan Lili.

Fel sy'n digwydd, mae prysurdeb bywyd y rhan fwyaf ohonon ni'n ein rhwystro rhag gallu bwrw iddi, fel Lili, i olrhain pob cwyn: rhyw feddwl 'fe fydd yn rhaid i fi fynd ar ôl rheina' neu 'fe fynna i gael siaradwr Cymraeg y tro nesa' yw'r patrwm i'r rhan fwya ohonon ni, y pethau gwael ag ydyn ni, wrth i'r papur newydd, y gêm gyfrifiadurol dwi'n gaeth iddi, y gyfres deledu dwi'n haeddu cael llonydd i'w gwylio ar ôl diwrnod prysur o waith, y pryd o fwyd ar y tân, y dillad i'w smwddio, y popeth arall, wthio'r caead yn dynnach ar gau ar ein hunain delfrydol, ac ar ôl i ni ddechrau llithro modfedd neu ddwy i lawr y siart poblogrwydd sydd gennym ohonom ni ein hunain, y meddwl amdanom ni ein hunain yn berffaith ac yn arwyr yn ein straeon ni ein hunain, wnaiff y droedfedd nesaf o lithriad dros sawl degawd fawr o wahaniaeth. Mae'r rhan fwyaf ohonom, yn hanner cant a phump, yn siarad am 'haeddu llonydd' ac am 'dderbyn na allwn ni newid y byd'.

Nid felly Lili. Ar drothwy pob tudalen lân, pob 'helô…' cychwynnol ar ôl i'r llais peiriant droi'n llais person *o'r diwedd!* ar y lein, mae Lili'n ymgyrchwr ugain oed llawn gobaith o'r newydd, hyd yn oed os yw hi wedi treulio'r awr a hanner cyn hynny'n ceisio dweud wrth biblyn yn y brif swyddfa yn Slough, Oes! Mae! yna'r fath beth â chymuned o bobl sy'n siarad Cymraeg – ac ie, yng Nghymru, ac oes MAE! 'na alw ar ei benaethiaid sy'n rhedeg y cwmni ddarparu ffurflenni Cymraeg ar gyfer gwneud cais am le ar gwrs prentisiaeth i ddysgu'r grefft o yrru craeniau.

"But you say you've no intention of being a crane driver…"

"That! Is! Not! The! Point!"

Cofio'r llwyddiannau mae Lili, chwarae teg, a hynny sy'n ei chymell o un llythyr o gŵyn i'r llall ac o un alwad ffôn i'r llall. Mae ganddi bentwr o dystiolaeth o'r llwyddiant – ffurflenni a ddaeth i fod am iddi alw amdanynt, rhai ohonyn nhw'n gynnyrch ei hymdrechion hi i'w cyfieithu. Wrth gofio'r llwyddiannau, yn lle'r methiannau, mae pob galwad yn llawn gobaith i Lili. (Weithiau, fe aiff mor bell â dathlu drwy agor potelaid o win coch pan ddaw tic o'r diwedd i ganlyn enw rhyw sefydliad neu'i gilydd ar ei rhestr faith.)

Does gan Lili ddim llawer o ffotograffau ohoni hi a'i ffrindiau neu ohoni hi a'i theulu, mewn bocs nac ym mol ei chyfrifiadur nac ar ei ffôn lôn, ond mae ganddi stôr o ddyfyniadau – digon i'w rhwymo'n llyfr, er na wnaiff hi byth mo hynny, rhag torri ei chalon.

'Ga i siarad â rhywun yn Gymraeg?' – 'You wha'?' 'What's that?' 'What? Pardon? *I'm* sorry?!' 'Are you taking the piss…?' 'Are you trying to tell me there's Welsh in books…?' 'That's the first time anyone's asked for a tax form in Welsh!' 'There's (sic) no Welsh Speakers in Swansea.' 'If we translated everything into Welsh, we'd have to do it for every other language in the world.' 'Everyone understands English.' 'Don't you understand English?' 'Don't they teach English in Wales?' 'Have you any *idea* how much that would cost?' 'We have no Welsh speakers, you'll have to speak English.' 'I heard of someone who spoke Welsh somewhere in the north. Could have been you.' 'Dwi'n dallt yn iawn pam dach chi isio siaradwr Cymraeg – tydi'n Susnag inna'm yn dda iawn chwaith.'

Mae'n bosib mai rhinwedd fwyaf Lili – yr hyn fydd yn mynd ar ei charreg fedd yw'r ffaith nad yw hi'n gwybod beth yw syrffedu. Neu'n fwy na hynny o bosib: wnaiff hi byth adael i'r ffaith ei bod hi wedi syrffedu mo'i hatal rhag dal ati. Maen nhw wedi creu seintiau am lai.

Bydd rhai sefydliadau, wrth gwrs, yn gyfarwydd â chael galwadau am ehangu'r deunydd neu'r ddarpariaeth Gymraeg. Wedi'r cyfan, nid Lili'n unig sy'n ffoli yn y fath fodd. Ond Lili sy'n dal ati, yn gafael fel ci ag asgwrn blas siocled.

Dyw Lili ddim yn cofio sut na phryd y dechreuodd hi gwyno – byddai hi'n gwneud yn yr ysgol, mewn siopau, wrth athrawon a geisiai ei dysgu mai *volcano* oedd llosgfynydd; mai *Henry the Eighth* oedd Harri'r Wythfed; mai *water* oedd dŵr. Ac wedyn, ar ôl iddi adael cartref, a chael ei ffôn ei hun, gallod daenu'r rhwyd ychydig yn ehangach. Daeth y cyfrifiadur wedyn, ynghanol y nawdegau, ar ôl iddi fod yn gweithio am rai blynyddoedd yn llyfrgell y dref.

Cwyno oedd yn ei chodi yn y bore – a'r un gŵyn o hyd wrth gwrs, yr un apêl am ffurflenni, am arwyddion, am ddeunydd cyhoeddusrwydd yn ei hiaith ei hun, fel roedd y rhan fwyaf o bobl eraill y byd yn ei gael. Cwyno fyddai'n ei blino nes ei gyrru i'w gwely yn y nos wedi llwyr ymlâdd ar ôl ceisio ymresymu, mynnu, apelio, erfyn, begian, gofyn, gofyn, gofyn, 'ar fy ngliniau yn y bore', pnawn a nos – roedd e'n waith lluddedig.

Ond cyn sicred â bod awr yn troi'n ddiwrnod, diwrnod yn

wythnos, wythnos yn fis a blwyddyn a degawd, wnâi Lili ddim bodloni, wnâi hi ddim ildio.

Ar fore angladd ei mam, sawl degawd yn ôl bellach, mynnodd fod yr archfarchnad lle roedd hi wedi galw i brynu hancesi papur yn dod o hyd i rywun a siaradai Gymraeg i weithio'r til (roedden nhw mewn ardal Gymraeg wedi'r cyfan – 67% o Gymry Cymraeg iaith gyntaf – *Cyfrifiad 1981*). Roedd hi bum munud yn hwyr yn cyrraedd yr angladd, ond gan mai dim ond llond llaw oedd yn y crematoriwm ta beth, a hwnnw'n angladd olaf y dydd, roedden nhw wedi aros amdani.

Yn y mis neu ddau ddiwethaf yn unig y dechreuodd Lili feddwl efallai ei bod hi wedi gwneud digon. Ar ei chorff hi ei hunan roedd y bai – ers blwyddyn neu ddwy, roedd hi wedi cyrraedd yr hen oed bach anodd yna y cofiai ei mam yn brwydro yn ei erbyn pan oedd hi'n dal yn blentyn. Y chwysu poeth ac oer, y foddfa sydyn o chwys, nes teimlo'i bod hi'n ffrwydro. Aeth mor bell â diffodd galwad ar ei hanner un tro pan ddigwyddodd. Roedd hi'n teimlo fel anialwch, yn boeth, boeth ac yn sych. Tipyn o niwsans diangen fu ei chylchdro misol iddi erioed fel digwyddodd hi. Wnaeth y trafferth rheolaidd ddim arwain at ddim byd o werth, a bellach doedd hi ddim yn drist yn gweld y cyfan yn dod i stop, ond roedd y sgil effeithiau, y chwysu a'r drysu, yn anodd byw gyda nhw. Ac am y tro cyntaf yn ei bywyd, neu er pan oedd hi'n dechrau troi'n oedolyn, dechreuodd deimlo nad oedd unrhyw bwrpas i ddim a wnâi. Daeth Lili'n agos iawn at gael llond bol.

Dro arall, byddai'n teimlo'n well a'i rhestr yn ei hatgoffa pam y cafodd ei rhoi ar y ddaear, a châi sgwrs fach ffrwythlon â rhywun newydd, yn ei hiaith ei hun weithiau, rhywun a dderbyniai gael ei oleuo, ac addewid o lond trol o ddeunydd Cymraeg lle na fu o'r blaen (roedd gwefan y Gwasanaeth Iechyd wedi addo cyfieithu'r adran ar y menopôs yn eu tudalennau gwybodaeth ar ôl iddi siarad â nhw).

Weithiau, byddai Lili'n difaru na ddaethai o hyd i bartner. Gallai fod wedi gweithio'n galetach ar y 'berthynas' oedd rhyngddi a Morris, un o'i chydweithwyr yn y llyfrgell. Roedd e'n amlwg yn hoff ohoni, yn mynnu rhannu ei frechdan ham a chaws gyda hi amser te bore, a hithau'n ceisio gwrthod drwy ddweud nad oedd hi'n hoff iawn o ham, ond yn cymryd er hynny, ac yn cynnig hanner ei brechdan diwna iddo amser cinio wedyn – o euogrwydd ar y cychwyn, ond o arfer wedyn. Byddai'r ddau'n eistedd ar y wal fach isel o flaen y llyfrgell yn cnoi eu brechdanau – i gael tamed o awyr iach – a phrin yn torri gair â'i gilydd, ond gwyddai'r ddau heb ei ddweud eu bod nhw'n gwmni i'w gilydd, ac roedd hynny'n ddigon rywsut.

Ond mynd a wnaeth Morris – cael ei symud i lyfrgell arall mewn tref arall – a welodd hi mohono byth wedyn.

Fe aeth Lili drwy gyfnod o weld ei golli – na, o alaru – ond llwyddodd i gyfeirio'r gwastraff emosiynol tuag at ei chenhadaeth a chynyddodd y llythyron a'r galwadau ffôn.

Roedd pum mlynedd ar hugain ers hynny ac am y tro cyntaf yn ei bywyd roedd Lili wedi dechrau meddwl y gallai wneud â chwmni. Tybed oedd Morris yn dal yn fyw, dechreuodd feddwl, cyn ceryddu ei hun am feddwl fel merch ifanc yn lle'r ddynes ganol oed oedd hi bellach.

*

"Fi?" holodd Lili.

"Chi!" meddai'r llais eto. Llais dynes, ond dynes ifanc: roedd Lili'n arbenigwraig ar leisiau. "Be dach chi isio?"

"Beth *wy* isie…?" holodd Lili, ar goll yn lân. "*Chi* ffonodd *fi.*"

"Ia, ia," meddai'r ddynes yn ddiamynedd. "Ond yr holl ffonio 'ma. Be dach chi *isio*?"

Oedd hi'n dal i freuddwydio? Pinsiodd Lili dop ei choes i

wneud yn siŵr. "Aw!" meddai, heb feddwl pinsio mor galed.

"Aw?" holodd y ddynes, yr un mor ddiamynedd. "Nesh i ddim byd."

"Pwy ydech chi?" holodd Lili. "Ydech chi'n gwbod faint o'r gloch yw hi?"

"*Dyna* 'dach chi isio?" holodd y ddynes. "Hanner awr wedi chwech."

"Y bore," meddai Lili.

"Ia," cadarnhaodd y ddynes. "Ffonio o ganolfan y galw ydw i.'"

"Canolfan alwadau lle?" holodd Lili. "Pa gwmni?"

"Cwmni?" prepiodd y ddynes. "'Run cwmni. Canolfan y galw. Ry'n ni'n sylwi eich bod chi'n gwneud llawer iawn o alwadau."

"Ydw. Dyna dwi'n neud," dechreuodd Lili egluro, a meddwl sut ar wyneb y ddaear roedd hon yn gwybod. Ond dyma roedd hi wedi'i amau erioed yn y bôn: bod rhywun yn rhywle'n cadw llygad, bod y wladwriaeth fawr hollwybodus yn olrhain pob cam, pob gair a gâi ei ddweud a'i ysgrifennu. "Ers i fi adael y llyfrgell, ta beth."

"O, ie," meddai'r llais. "Cwyno. Galwadau lu yn cwyno. Cwyno a chwyno, cwyno a chwyno."

"Nid cwynion cyffredinol," cywirodd Lili. "Cwyno am un peth yn unig. Cwyno am ddiffyg darpariaeth yn y Gymrâg. Yn fy iaith i."

"Ia, ia," meddai'r llais ffwrdd-â-hi. "Dwy fil tri chant a phedwar deg wyth o alwadau y llynedd, cyfartaledd o chwe phwynt pedwar tri galwad y dydd."

"Wel, ers i fi ymddeol …"

"Hyd cyfartalog yr alwad, un awr, saith munud a thri deg saith eiliad."

"Fel dwedes i …"

"Categori un: archfarchnadoedd – Morrisons – tri deg pump galwad; Tesco – tri deg tri galwad; Asda – tri deg un, Lidl – tri deg,

Sainsburys – dau ddeg saith, Waitrose – dau ddeg pump…"

"Dyw sawl gwaith dwi'n ffonio ddim bob amser yn arwydd o'u cydymffurfiaeth, mae 'na bentwr o waith papur hefyd…"

"Categori dau: banciau a chymdeithasau adeiladu…"

"Hei," torrodd Lili ar draws y llais. "Mae'r manylion hyn i gyd gen i, does dim rhaid i chi fynd drwy'r cyfan."

"Iawn. Wna i ddim felly."

"Does 'da fi ddim byd i'w guddio!" cyhoeddodd Lili'n uchel, cyn cofio faint o'r gloch oedd hi fan hyn, a'r ochr arall i'r waliau tenau, lle'r oedd Mrs Jones drws nesa lawr a Mr Downs drws nesa lan yn byw.

"Nag oes, nag oes," meddai'r ddynes ddiamynedd. "A hyd yn oed pe bai 'na …"

Wnaeth hi ddim gorffen ei brawddeg. Aeth ias i lawr asgwrn cefn Lili wrth feddwl cymaint oedd y 'system', y 'drefn', beth bynnag alwech chi hi – a 'hi' oedd hi bob gafael yn Gymraeg, nid 'fe' am ryw reswm – cymaint roedd hi'n ei wybod amdani, ac am bawb arall felly, tybiai. Doedd dim cyfrinachau. Fe fyddai'r rhain yn gwybod lle roedd Morris, pe bai hi'n gofyn, roedd Lili'n siŵr.

"Lle mae Morris?" holodd, cyn iddi gael cyfle i roi cwlwm ar ei thafod.

"Morris?" holodd y ddynes. "Pwy 'di Morris?" Oedd hi'n chwarae gêm â hi? "Ydach chi dan yr argraff ein bod ni'n gwybod pob dim?"

"Wel…" dechreuodd Lili, cyn sychu. Sadiodd ychydig wrth sylweddoli mai cofnodi galwadau ffôn oedd gwaith y ddynes, a chynnwys cyfrifiaduron o bosib – gwybodaeth a fyddai'n byw yn y seibrofod, yn hytrach na gwybodaeth am rannu brechdanau ham a thiwna a oedd yn chwarter canrif oed (y wybodaeth, nid y brechdanau).

"Canolfan y galw yw hon," meddai'r ddynes wedyn, yn amlwg yn flin ei bod hi'n gorfod egluro eto.

Beth ar y ddaear oedd peth felly, meddyliodd Lili.

"Ni sy'n monitro'r galw," dechreuodd y ddynes egluro, ychydig bach yn llai diamynedd bellach, nawr ei bod hi'n cael siarad amdani ei hun, "ac fe ofynnes i chi be dach chi isio."

"Dwi'm yn dyall," meddai Lili. A doedd hi ddim. Ddim o gwbl.

"Wel, dwi'n gwbod be dach chi isio, yn gyffredinol felly," dechreuodd y ddynes egluro, yn llawer iawn mwy pwyllog bellach, "ond mae lefelau'ch galwadau chi'n uwch na rhai neb, yn ddiddiwedd os caf i ddweud. Meddwl o'n i be fwy fysa chi'n medru bod isio."

"Eisie pethe yn Gymraeg," meddai Lili, "yw e ddim yn amlwg?" Os oedden nhw'n gweld bob dim, yn clywed bob dim…

"Ia ia, y Gymraeg," meddai'r llais, yn ddiamynedd eto. "Dwi'n dallt hynny, tydw. Dyna pam 'dan ni yma, ond mae 'na reswm i bob dim. Dach chi fatha rwbath ynfyd, yn galw o hyd ac o hyd. Oes gynnoch chi'm byd gwell i neud, 'dwch? Rhowch seibiant bach i chi'ch hun, ewch i dyfu tomatos."

"Tomatos…?"

"Sna'm byd tebyg i frechdan domatos."

Penderfynodd Lili beidio â dilyn trywydd dewisiadau deiet y llais. "Monitro'r galw am y…'"

"Am y Gymraeg, ia, ia," atebodd y llais yn ffwr-bwt. "Dyma fel mae petha'n gweithio. Digon o alw, a mi geith o'i neud. Wedyn, ma isio monitro, toes. Hyn a hyn o alwadau, hyn a hyn o ymateb – ffurflenni, hysbysebion, be bynnag dach chi'n cwyno amdano fo, lle bynnag mae 'na ddiffyg."

"Dech chi'n monitro'r *holl* alwadau dwi'n neud?" holodd Lili, bron â dod allan yr ochr arall i ddychryn – roedd hi'n dechrau magu diddordeb go iawn.

"Ddim chi. Pawb. Ond chi sy'n mynd â'n hamser ni, fwya," meddai'r ddynes. "Ydach chi'm awydd gwylia?"

"A wedyn, sdim byd yn digwydd heblaw bod digon o alw…"

Doedd Lili ddim yn siŵr beth i'w feddwl. Roedd hi'n gwybod, wrth gwrs, na fyddai dim byd yn newid heblaw bod galw: châi'r un gair ei gyfieithu heblaw bod rhywun yn gofyn gynta, a dyna pam roedd hi wrthi, wrth gwrs – yr holl reswm pam oedd hi wrthi, er mwyn dangos bod galw. Ond yn enw'r mawredd, doedd hi erioed wedi dychmygu, wedi breuddwydio bod y peth yn cael ei wneud *cweit* mor llythrennol.

Ac fel pe bai hi'n ei chlywed hi'n meddwl, dywedodd y llais:

"Yn union. Os oes 'na ddau ddeg o alwadau yn gofyn i Gyngor Sir y Fflint am ffurflen gais cynllunio i adeiladu estyniad, yn Gymraeg, chawn nhw'r un. Os oes dau ddeg un yn galw am y ffurflen yn Gymraeg o fewn cyfnod penodedig, yna bydd y cyngor yn mynd ati i'w chynhyrchu. Nid dyna'r ffigur cywir yn achos Sir y Fflint gyda llaw, cyn i chi fynd i hel meddyliau. Cha i ddim rhoi'r lefelau i chi, mae hynny yn erbyn y rheolau. Ond mae'r lefel yn wahanol ym mhob achos. Mi fydd codi arwydd o fath penodol yn galw am gant saith deg naw yn achos un archfarchnad, ac am saith gant a chwech yn achos un arall. Mae'r trothwyon yn amrywio. Ac maen nhw'n gyfrinachol wrth gwrs."

"Trothwy galw," meddai Lili, yn ceisio dirnad yr hyn roedd hi'n ei glywed.

"Ia, a mi dach chi'n gwthio'r trothwy galw yn uwch yn y llefydd 'ma rownd y rîl."

Roedd goslef geryddgar i lais y ddynes bellach, ond ni fedrai Lili lai na theimlo balchder.

"Dach chi'n llurgunio lefelau'r galw," meddai'r llais yn geryddgar iawn, a lladd y balchder ar amrantiad.

Gwylltiodd Lili. "Nadw i! Meddyliwch tase pawb sy'n siarad Cymraeg yn gofyn am bethe yn Gymraeg, pawb yn mynd i'r drafferth i ofyn bob tro, bob un tro, fe fydde'n rhaid i bawb ar y rhestr ildio a darparu gwasanaeth cyflawn teg yn y ddwy iaith."

"Nid felly mae'r galw'n gweithio," datganodd y llais. "Rhaid i'r galw fod yn weithredol."

"Rhaid i ni fynd i drafferth, chi'n feddwl," meddai Lili'n flin.

"Drychwch," meddai'r llais yn biwis. "Nid mater o faint sy'n galw ydi o, ynddo'i hun. Mae'n fater hefyd o gost ymateb i'r galw. Rhaid i'r ddau gydbwyso. Meddyliwch am y cwmnïa, y siopa, y busnesa. Mae gynnon nhw fusnes i'w redag. Fedran nhw mond ymateb i'r galw os ydi o'n gneud synnwyr yn ariannol, neu *pan* fydd o'n neud synnwyr yn ariannol. Dyna ydi'r trothwyon: lle mae'r galw'n dechra gneud synnwyr."

"Yn ariannol."

"Ia, ia, yn ariannol, siŵr iawn. Be arall sy 'na? Dyna sy'n troi'r holl olwynion. Hyd yn oed y cynghora a'r sefydliada cyhoeddus: be sy'n neud synnwyr yn ariannol. *Cost* y galw, ydi o werth o."

"A chi sy'n monitro'r cyfan."

"Ia. Y galw cyffredinol." Gallai fod wedi rhoi G fawr a C fawr i'r geiriau gan gymaint o rwysg oedd i'w glywed yn ei llais. "Ni sy'n monitro'r galw am yr iaith Gymraeg," cyhoeddodd yn awdurdodol.

"A ma'r cyfan yn fater o arian," meddai Lili.

"Ydy, ydy. Rwân dach chi'n sylweddoli hynny?" Doedd y llais yn amlwg ddim yn credu ei glustiau.

"Ond mae 'na bethau pwysicach nag arian!" cododd Lili ei llais.

Roedd hi'n hen bryd iddi brotestio. Doedd hyn ddim yn gwneud iot o synnwyr. Roedd 'na werthoedd na ellid eu costio. Doedd bosib nad oedd iaith, iaith dan fygythiad, yn un o'r rheini?

"*Oes* 'na?" holodd y llais yn llawn syndod – neu'n goeglyd.

"Dyw hi ddim fel pe baen ni'n gofyn i bawb yn y byd ddarparu pethe yn Gymraeg," dadleuodd Lili, "dim ond yng Nghymru."

"Does gan gyfalafiaeth fawr i ddeud wrth achosion da," meddai'r ddynes. "'Ŵan 'ta, ydach chi'n mynd i roi'r gora i'r holl lol 'ma ta be? Gwastraffu'ch amsar ych hun ydach chi. Ac amsar pawb arall."

Daeth arswyd dros Lili'n sydyn wrth feddwl am hynny. Meddyliodd am y gair – y galw. A hon a'i throthwyon. Pa obaith oedd gan genedl mor fach â hon, iaith mor ddistadl â hon, yn erbyn y bwystfil mawr a luchiai ei gysgod hyll dros y byd i gyd? Peiriant oedd duw'r galw, a doedd dim modd ei guro ar ei gêm ei hun am mai fe oedd yn creu'r rheolau.

A gwelodd Lili am unwaith nad oedd pwynt iddi ddadlau â'r llais hwn, cynrychiolydd y peiriant. Doedd y ddynes ddim yn mynd i ddeall. Fyddai dirnad ddim yn bosib iddi. Allai Lili ddim disgrifio'r ysfa ynddi, y cnoi parhaol tu mewn iddi, rhywbeth yn debyg i gariad. Sut roedd posib i'r ddynes hon, a'i phwys ar rifau, ffigurau a lefelau, ddeall yr awydd holl gwmpasog i sicrhau na châi'r iaith mo'i cholli, fel darnau arian i lawr cefn y soffa? Sut oedd posib iddi ddeall y modd roedd ei hiaith yn gwneud Lili'n Lili, y modd roedd y ddwy hi yn un, yr un peth?

Sut gallai hon ddeall nad brwydr i'w hennill oedd hi chwaith yn ei hanfod, ond brwydr i'w hymladd waeth beth fo'r canlyniad, brwydr i'w byw, gweithred ddifeddwl fel anadlu?

"Ga i ofyn i chi beidio ffonio eto," holodd Lili i'r ddynes.

"Gwnewch fel mynnwch chi," meddai'r llais, yn hynod o swta. "Eich amser chi ydi o."

Diffoddodd Lili'r alwad, ac anadlu'n ddwfn. Addunedodd i'w sychu oddi ar lechen ei chof, a thynnodd gadair at y bwrdd, lle roedd y cyfrifiadur yn aros amdani. Gwasgodd y botwm i'w oleuo.

Os cofiai'n iawn, roedd hi wedi penderfynu dechrau gyda gwefan ei chwmni trydan presennol heddiw – roedd hi wedi sylwi eu bod nhw'n llithro, a nifer o dudalennau heb fersiwn Gymraeg ar eu cyfer. Rhaid bygwth eu gadael – eto – a gwneud hynny, o bosib – eto – meddyliodd.

Ac yna, fel anadlu, estynnodd am y ffôn.

Un Funud Fach

WELAIS I ERIOED fachlud fel hwn

cyforiog o las, nosau llachar Van Gogh; glas Fam Fendigaid Sassoferrato; pob glas dawnswyr Degas; glas pwll nofio Butlins; glas fel pe bai oddi allan i natur; ffrydiau o las;

a chymylau pinc hefyd yn dyfnhau'r glas, clystyrau o gymylau'n pylu'n llwyd a phinc yn y glas, blodfresych yn chwyddo, celloedd yn amlhau, gorfywyd y cymylau yn llif y glas; defaid pinc, eginyn gorfrwd, glas yn gwaedu o belen yr haul rydd las arall eto o ddyfroedd prinlas, prinwyn, prinbinc, pob glas o felynlas haul i ddulas nos, pob un bywyd ar amrantiad; amser crwn diymyl gwastad dan a thros a thrwy ym mhob, o belen pelen pelen

sy'n gadael i mi edrych arni cyn gostwng a gadael ei glas a'i phinc, sy'n bachu yn fy anadl, mor hardd, mil harddach, mor hardd nes bod yn hagr, ai hagr, ai hardd, ai nefoedd, ai trwy lygaid dyn a fydd fory'n ddall, ai dyna yw, ai dyn sydd fory'n ddall sy'n gwybod beth yw gweld? Ai dyna pam bod Beethoven wedi cyfansoddi darnau o'r nefoedd i ni wylo mewn gorfoledd yn eu gŵydd, yr Ymerawdwr a fyddai'n fyddar fory?

Honno sydd gan Ioan yn chwarae yn y car. Mae'n gwybod cymaint o feddwl sydd gen i ohoni. Wedi bod erioed. Fyddai o ddim wedi gallu archebu noson well pe bai o'n ffrind gorau i Dduw, pe bai 'na Dduw, i mi heno – heddiw, nid heno â hithau mor las.

Mae'n tynnu 'nhu mewn i allan ato, iddo, yr un mawr, yn mynd i mewn i mi a thynnu'r fi ohonof – am waredigaeth! – a'r gerddoriaeth bron mor ingol, bron na ofynna i iddo ei ddiffodd, ond mae arna i angen yr ing, i mi wybod 'mod i'n teimlo, i mi wybod 'mod i'n fyw, prinfyw, heno

yn y glas.

Annwyl ydi o, yn ddeugain o fewn blwyddyn, o fewn gormod, yn fi fy hun fel oeddwn i, ond yn annwyl, yn ddeugain oed fel yn ddeugain awr i mi; fe ddaw ei ddeugain, fe ddaw'n fi, ac fe af fi.

Neu fe af fi ac fe ddaw'n fi, pa un bynnag a ddaw gyntaf yn nhrefn amser, natur blodfresych, amser sy'n mynd i olygu llai a llai i mi yn fy mhen

fe ddaw'n wahanol fi, nid fi – ef, nid fi.

Mae Mozart yma'n awr yn golchi swynion, seiniau clarinét, dyrchafedig lifo, ffrwd felynaidd yw hon nid glas, felynaidd drwy bob melyn, caeaf fy llygaid ar y glas, i gresiendo'r llif olaf

a'u hagor ar yr haul, nad yw'n dallu, nad yw'n trwytho, golchi a wna, golchi'r glas agosaf, lai a llai, wrth suddo i'r glas mawr oddi tano.

Mae'r glas yn fy nghadw rhag sylwi pan groeswn oddi yma, draw, er i mi wybod wedyn, a'r glas ar Loegr bron mor las â'r un dros Gymru, er yn cynnwys dogn yn fwy o nos bid siŵr.

Ond doedd dim sylwi, a minnau'n sbio i fyny ar las yn lle ar arwyddion ffyrdd, sy'n rhywfaint o fendith, yn debyg i'r un a gadwodd Mozart yn y car, heb roi arlliw o argraff fy mod i'n gadael – sut y dylai Mozart wybod? Er bod yr Ave Verum bellach yn chwarae yn fy nghorpws i. Ond rwy'n siŵr ei fod e wedi sylwi, fy mab sy'n ddyn, fy fi nad yw'n fi, â'i lygaid ar y ffordd, â'i law ar y llyw, fel y bûm i erioed â fy llaw ar y llyw; ef sy'n gyrru nawr, yn fy ngyrru dros y ffin ar noson y machlud mawr. Fy mab annwyl sy'n dad i mi heno, yn fy ngwarchod, yn fy ymgeleddu, yn fy ngolchi â'r glas – fel pe bai ei wedi'i archebu, fy ngolchi â'r Ymerawdwr a chlarinét Mozart, â'i gwmni tawel.

I ble rwy'n mynd? A chofiaf.

Mae Ioan yn mynd â fi adref gydag e i Reading er mwyn i mi gael marw'n agos ato.

Welais i erioed fachlud tebyg i hwn.

*

Diwrnod braf oedd diwrnod Angharad ar y lawnt. Nid diwrnod cyforiog o las, dim ond diwrnod braf, fel y lleill i gyd. (Oni bai mai ni sy'n creu'r lliwiau wrth gwrs, oni bai mai fi sy'n creu'r glas rhyfedd hwn heno).

Dwy oedd hi. Dwy fach, ingol dorcalonnus o bert yn ein calonnau ni i gyd, ac un Mair yn rhywle neu yn nunlle gyda ni (fe ddaeth Angharad ddeufis wedi i Mair adael, yn ôl trefn y pethau hyn, gwae i ni gwyno).

Ei dathlu hi yno, ar fy lawnt i, ei mwynhau hi, fy wyres fach, fy unig un, yno mor anfynych, ond yno'n awr, dan haul ar wyrdd a phêl i hwyluso dod-i-nabod, er mod-i'n-nabod ond ddim yn iawn, a phellter rhwng taid ac wyres fel sbeit, fel ha ha ha, er mai amgylchiadau sy'n creu pellter, sy'n ein gwneud ni, nid dewisiadau.

Disgyn mewn cariad i mewn i Loegr a wnaeth Ioan, disgyn tuag at Maureen, ac aros lle roedd hi, gweithio lle roedd hi, nes magu gwraidd, ac nes tyfu o'r gwraidd Angharad fach.

"Dal pêl, Angharad!" mae e, yr un annwyl, yr un bron-yn-ddeugain a fu'n ddwy a minnau'n ei gofio'n ddwy ddoe a holl bosibiliadau amryfydoedd, amryfydysawdau digyfyngiad yn y llond coflaid ohono a oedd

ohoni y sydd. Mae e'n annwyl o hyd, yn ceisio plesio tad sy'n daid, gan mai *catch* maen nhw'n ei ddweud yn Reading a *catch* mae Maureen yn ei ddweud fan hyn ar y lawnt, yn llawn o gariad ac mor llawn o anwyldeb â fy Ioan i.

Rwy'n anelu'r bêl. Pelen felen fel yr haul nad wy'n gallu edrych arno, y diwrnod hwnnw, yn wahanol i haul y machlud.

Y bore hwnnw oedd hi – dyna'r drwg – pan ffoniodd Dr Cath i ofyn i mi fynd i'w gweld. Gwrthod wnes i. I beth awn i i'w gweld a minnau wrthi'n siarad â hi? A beth bynnag, roedd gofyn i mi fynd i'w gweld yn dweud y cyfan, yn negyddu'r angen i mi fynd ati i'w glywed eto. Dau ateb oedd: ie neu na. Ac roedd mynd i'w gweld yn dweud 'ie' yn wastraff amser, a Ioan a Maureen ac Angharad fach yn dod yno yn y prynhawn. Caent hwy aros rhai misoedd cyn cael clywed 'ie' neu 'oes' neu ba bynnag gadarnhad o sefyllfa negyddol a gawsant yn y pen draw – ie, dyna ydyw; oes, mae gen i fe; ydy, mae e nôl

y blodfresych

fel cymylau gorbinc, gorwyn yn llyfnder diddiwedd fy awyr las

a dim ond dwy flynedd ers i'w fam

"Dal y bêl, Angharad!" Mae e'n teimlo'n lletchwith, gallaf ddweud, a hoffwn pe bai e ddim, pe bai e'n onest efo fi y tro hwn, am unwaith, yn siarad â'i ferch fach yn onest, fel y gwnâi fel pe bai o adre, a dweud *catch* gonest

'bytwch fel taech chi adra,' fyse Mair wedi'i ddweud bellbellynôl, 'siarada fel set ti gatre, Ioan', i ni gael bod yn onest, nawr bo fi wedi cael yr 'ie' terfynol gan Dr Cath, ie, dyna yw. Gonest.

Ond wrth edrych yn ôl, tybed a fyswn i, mewn difrif, wedi gallu goddef y gonestrwydd y prynhawn hwnnw ar y lawnt. On'd oeddwn i wedi cael gormodedd o onestrwydd ar y ffôn yn y bore?

Roeddwn i wedi penderfynu ei gelu rhagddyn nhw, rhag Maureen ac Ioan, wedi dweud wrth Cath mai ein cyfrinach ni fyddai dychweliad y peth cyhyd ag y gallem ei gadw felly: roedden nhw wedi cael gormod o newyddion tebyg o'r blaen rhwng Mair a finnau. Prynhawn heulog oedd prynhawn y chwarae pêl ar y lawnt i fod.

Roedd ganddyn nhw oriau o daith rhwng tŷ ni (fy nhŷ i, dyna

oedd e nawr, a finnau byth yn gallu cofio hynny: ond roeddwn i'n dal i fod fel cwch ar drugaredd y cefnfor heb angor Mair) a Reading a chwta tan fory i ni wasgu gwin ein perthynas fel gwaed yn llifo drwy wythiennau ohono, pa ŵyr a fyddai na dro nesa cyn Dolig

a dôi pwy ŵyr a fyddai 'na dro nesa o gwbwl cyn hir, cyn i ni wybod mai i Reading yr awn innau hefyd yn y diwedd.

Doedd dim raid iddo, Ioan annwyl.

Mae'r haul yn marw'n araf bach ac yn graddol – o mor sydyn! – ddiffodd lliwiau'r dydd.

*

plaidcymru dan ni, dyna fyddwn ni am byth, dan ni'n caru'n gwlad, rhwng gwisgo dillad Injans a'n chwaer yn ffrog briodas mam a nghyfnither ym mhais modryb Bet, bedwi'nmyndifodpa ndwi'nfawr a brenin Cymru a prif weinidog Cymru ynde Mam o hyfryd ddydd! Pan fydd Cymru'n rhydd, pan fydd gynnon ni Senedd, pan gawn ni annibyniaeth do mi so do

bydd

bydd

bydd

pawb yn siarad Cymraeg!

Dyna pa mor bell oeddan ni nôl yn y pedwardegau pumdegau i heddiw.

Ysgymuniaid, ac eithrio yn tŷ-ni, plaidcymru yw tŷ-ni ynde Mam, ac er nad oes neb arall yn blaidcymru ni sy'n iawn a ni fydd yn ennill yn y diwedd bell bell i ffwrdd yn y dyfodol a fydd plant-fi a plant-ti yn blaidcymru am byth bythoedd a

a

pawb yng Nghymru yn siarad Cymraeg achos mai plaidcymru fydd y bos yn senedd Cymru

ynde Mam?

Ynde Dad?

Ie, bach.

*

Wedyn, wedyn, Mair, a Mair a fi'n mynd o ddrws i ddrws efo Iawn a Chyfiawn wrth ein hysgwyddau a materoegwyddor yng ngwadnau ein hesgidiau a phangawnniblant yn hedfan yn rhad oddi ar ein tafodau, fe rown ni'r gwerthoedd iawn, fe fagwn ni nhw'n iawn, llond tŷ, mudiad magu mwy, a gwerthoedd i frecwast cinio a the, efo'n cariad wedi'i daenu'n dew, O! Ie, hwnnw, am mai'r cariad hwn yw ein cariad atyn nhw, yr un peth ydi o

yr un peth ydi Cymruryddgymraeg, 'y nghariad-i,

a phan ga'n ni brifweinidog plaidcymru a senedd a hunanlywodraeth, bydd pawb yng Nghymru, PAWB YNG NGHYMRU, fatha ni, a'r iaith byw am byth, yr unpethydio, y blaid a'r iaith

pan fydd gynnon ni senedd

ac mi gafon ni senedd

Y?

Ym…

ac fe welon ni fe welon ni

beth welon ni?

nad ydi plant bob amser yn gneud fatha ma'u rhieni nhw'n deud wrthyn nhw ei wneud, nid yn gymaint eu bod nhw'n troi eu cefnau, ond bod bywyd yn mynd yn y ffordd

a [diolch byth

diolch byth] – fy nghromfachau i –

mae gynnon nhw feddyliau eu hunain, oes, a chalonnau eu hunain, dyna'r peth, gerfydd eu calonnau maen nhw'n byw, fatha roedden ni'n byw gerfydd ein calonnau, ond bod ein calonnau ni wedi'n harwain ni at senedd

137

o ryw fath, cymysgliw

a'u calonnau nhw wedi'u harwain nhw, ei arwain ef i Reading

ond Angharad! Angharad! Fy nghariad bach a ddylai gael Nain (pe bai 'na dduw wedi bod)

rwyt ti'n barhad Angharad parhad

wyt ti ddim?

Hei, ty'd 'y nghariad i, awn ni i'r bocs gwisgo fyny i chwarae Injans a phriodi a phrifweinidogs a chwarae pêl.

*

Fe arllwysom ni cymaint ag y gallem i mewn i Ioan. Athrawon. Gwyliau diwyliau. Mair fel finnau am lenwi ei fyd, am iddo gael popeth y gallem ei drosglwyddo iddo, pob telpyn o aur a gemau ar ffurf gair a geiriau a phrofiad o'r fan o ble y daeth ar ffurf teithiau, tripiau, 'tro bach' i

"Cilmeri? O… os oes raid. Oes 'na sinema 'na?"

a ninnau'n chwerthin yn dwli yn anwesu ei ben wyth bach annwyl a gaddo gwesty a sinema hefyd a thro i'r lle bowlio yn y fantol gyferbyn â Sain Ffagan.

Dro arall, sglefrio iâ, gyferbyn â Sycharth; trip ar y cwch, gyferbyn ag Aberffraw; trên yr Wyddfa am bicnic wrth Lyn y Gadair, ffeirio fferins am ddiwylliant, taith feics am ymweliad â Senedd-dy Owain Glyndŵr; Oakwood am Dŷ Ddewi; taith mewn awyren am gerdded i Ynys Llanddwyn.

Beth gest ti am Wybrnant, am Lasynys, am Frogynin, am Soar y Mynydd? Chofia i ddim, ond roedden nhw yno ar *Grand Tour* dy blentyndod

tan i ti fynd ar dy daith dy hun

ac fe ddoist, fy annwyl un, fe ddoist, fe gedwaist y ffydd, fe ddysgaist y gwersi oll, ac adnabod y dyfyniadau, a'u cymryd i dy galon, fy mab da, heb blygu unwaith, heb holi pam – fe wyddet pam o'r cychwyn, fe wyddet ti beth oedd ystyr pam fod eira'n wyn

ac fe chwaraeon ni drac sain dy fywyd ar chwaraewr casetiau'r car (nid dyna sydd yn hwn wrth gwrs, chwaraewr CD yw hwn ond casetiau dwi'n gofio), gan gynnwys ambell un arall, fel y rhai rwyt ti'n eu chwarae i mi nawr ar y daith hon, am fy mod i'n dawel bach yn eu hoffi lawn cymaint â'r rhai ddewison ni i ti, eu gwneud yn hoff ganeuon i ti, Tebot Piws a Meinir Gwilym

a'r lleill i gyd yn y canol.

Hyd yn oed pan oedd gen ti feddwl dy hun, a dy fywyd dy hun y tu mewn i ti dy hun, daliaist i goleddu, i gymryd, i ysgwyddo, i dderbyn, a dy freichiau'n agored, a dy ysgwyddau'n llydan; yn dy gariad tuag atom, cymeraist bopeth, fel tatŵs anweledig dros dy gorff ac ar dy dafod

ac ar y lawnt

ar y lawnt, ar lawnt Angharad

falle dy fod wedi synhwyro fod rhywbeth o'i le – ond sut? Chest ti ddim gwybod 'mod i wedi cael amheuon a phrofion, doedd hynny ddim yn rhywbeth rown i am ei rannu â thi

wel, pa angen synhwyro? Pa angen y pwynt, y profiad penodol, fe wyddost ddigon fachgen, y dôi dydd pan gaet ti roi'r gorau i beth o'r baich a roesom i ti, cadw'r hyn a fynnet a gwaredu'r gweddill

y munud y cawn i fynd at Mair, caet ddechrau llunio dy faich di i'w roi i Angharad, pa bynnag ffurf a fai iddo

wna i ddim meiddio meddwl, maen melin yw gobeithio

mi gaf foddi yn y glas gan wybod nad fi piau ti.

*

Wedyn

wyt ti'n cofio'r Rhondda? Pan es i â ti ar fy ysgwyddau i brotest y glowyr?

(hen stwff budur yw glo, lympiau du. Fe benderfynon ni wedyn ar ôl i'r cyfan ddod i ben: hen faw a llwch, a dyna wnaeth i Mair a fi dynnu'r grât a gosod tân glo plastig yn ei le a nwy'n dod ohono. "Na i gyd ni moyn yw 'i weld e," meddai Mair. Gweld gwres. Glo nwy.)

Hen stwff budur yw glo: peth arall sy'n dod i ben.

Fe garies i ti ar fy ysgwyddau, a martsio'n siantio i lawr drwy'r Rhondda'n gymdeithas gymuned (cyn i'r ddwy, cymdeithas a chymuned, ddiflannu allan drwy ddrws y cefn ar ôl i Magi ei agor, fel gwres y tân mewn munudau wedi milenia). Siantiau Saesneg yn lle rhai Cymraeg y brwydrau iaith, a thithau heb ddod i oed eu deall yn iawn.

Fe eisteddon ni ar wal tra roedd yr areithwyr yn mynd drwy'u pethau, ac i mi adfer y teimlad yn fy ysgwyddau ar ôl dy gario di, fy lwmpyn bach i. Ac wyt ti'n cofio

wyt ti'n cofio'r hen löwr a eisteddodd ar y wal wrth ein hymyl? Gwisgai res o fedalau, ac fe restrodd amgylchiadau ennill pob un, a minnau'n ymateb yn wenaidd rhag digio'r hen foi, a gwingo wrth feddwl dy fod di (er nad oeddet ti a thithau'n rhy ifanc) yn cofnodi fy rhagrith. Rhes o fedalau'n gwenu nôl arnom ein dau, wrth iddo restru'r gorchestion – mae Lloegr yn wych am ladd a'i ddathliadau

a rhag ofn nad oeddet ti wedi deall cymaint a wnaethai dros ymerodraeth gwlad arall, gwlad Thatcher, fe drodd e atat ti a dweud: "They were for killing Germans, son," a chyn i fi allu

gallu -

roedd e'n cynnig darn o gacen Battenburg o facyn papur i ti. Wyt ti'n ei gofio fe'n estyn y gacen ffenest i ti, cacen onest yn y Kleenex?

A thithau'n cymryd darn, a dweud 'diolch' yn dy iaith dy hun, ac yntau wedyn wrth glywed dy Gymraeg, yn dweud yn ei iaith ei hun, ein bod ni fyfyrwyr yn meddwl y gallen ni ddod o hyd i'r gwirionedd rhwng cloriau llyfrau, meddwl gallwn ni ddysgu profiad drwy ei ddarllen, fel gwisgo cot rhag yr oerfel. Gwisgo cof, meddai'r glöwr, so fe'n bosib,

a minnau'n teimlo'n flin ei fod e'n fy ngalw i'n fyfyriwr a minnau'n amlwg yn hŷn, a phlentyn gen i, a'i fod e'n mynnu tynnu gwynt o hwyliau'r rhai oedd yno, y rhai ohonom a ddaeth i'w gefnogi fe a'i gydlowyr, a chael dim ond *chips* ar ysgwydd, am iddo adael yr iaith allan drwy'r drws gyda'r gwres, *chips* ar ei ysgwydd e, a thithau ar fy ysgwydd i.

Dod oddi yno, dod o'r Rhondda, yn caru ac yn casáu, fel y teimlwn at y glo budr roedden ni'n rhoi ein dydd Sadwrn i ymladd dros barhau i'w godi…

ar ôl gorwedd dros y milenia, i'w gynnau a'i ddiffodd mewn munudau, i ddiflannu – er nad oes diflannu, dim ond dadelfennu…

o'r ddaear, lle mae Magi hithau nawr yn gorwedd, dan draed – lle buon nhw'n cloddio i wneud yn siŵr na fydden ni'n rhewi i farwolaeth, yn starfo i farwolaeth o oerfel.

Starfo o oerfel, clywed drewdod a blas: un teimlad mawr cymysg yw'r synhwyrau, yn goferu dros ei gilydd a thrwy ei gilydd i gyd. Y chwysu dan ddaear a'r canu mewn côr, holl ddeuoliaeth popeth yn un i gyd. Synau melfedaidd côr meibion Treorci yn cydganu Llef, dros gant o ddynion praff, cyhyrau glo – y nodau lleddf, distaw, murmur arallfydol, tonfedd heddwch

O! Iesu Mawr rho d'anian bur

nad yw'n llef o gwbl, ond yn y nodau tyner, y sibrydiad, yr anadliad o waelod y bol, y cymysgwch cynhwysfawr cymhleth – yno mae ing yn hedd, a gwayw'n goflaid.

Aeth Magi dan draed, lle'r af innau hefyd ar ôl fy llosgi, er nad glo'r Rhondda fydd yn tanio ffwrnais fy arch i. Ond caiff fy llwch orwedd dan y Gymru lympiog hon, y potes llawn dop, a gorwedd Magi o dan liain bwrdd Lloegr, y sŵp unffurf gwastad (a gwae fi am osod Lloegr gyfan yn yr un sosban).

Aeth Magi, a gadael pawb yn oréit, Jac. Aeth cymaint.

Aeth Ioan i Loegr ac fe aeth bywyd yn y ffordd.

Sdim byd ar ôl ond yr 'amen' a dyma fi'n canu hwnnw heddiw.

*

A'r diwrnod hwnnw ar y lawnt, wn i ddim be ddigwyddodd yn iawn, feiddia i ddim meddwl, mae'n codi dagrau yn awr a misoedd, blwyddyn ers diwrnod Angharad ar y lawnt. Pendronais lawer dros beth a âi drwy fy meddwl wrth afael yn y bêl, â'n llygaid ni i gyd ar Angharad fach, ein byd yn grwn.

Ai meddwl o'n i am gymaint oedd gan yr un fach o'i blaen i'w gael, i'w elwa gennym, i'w ddysgu – gan bwy? Onid oedd Dr Cath wedi dweud 'ie'? Neu gan ei thad, yr aur y trysorau, y gair y geiriau; neu a own i'n meddwl na châi hi hynny, mai bwlch oedd hynny iddi, a mwy na bwlch i mi: terfyn. (Tybed a yw llais Heather ganddo ym mol y car, colli... colli... colli...)

Gwahanol i fy nherfyn i, anos i'w oddef, gwybod bod dim...

Dim yn trosgynnu, dim ar ôl, ar fy ôl, yr holl faich bendigedig yn cael ei waredu, am y gallwn drosglwyddo'r cyfan hyd yn oed yr ysfa, yr awydd, y gwerthfawrogiad, heblaw'r ewyllys, sy'n tueddu i bylu yn wyneb cariad a phethau felly, a pha gariad mwy nag edrych i lygaid fy wyres fach?

"Dal y bêl, Angharad fach,"

Cymer hi, 'nghariad i, cymer hi. Plîs, plîs cymer hi, erfyniaf, heb agor fy ngheg, cymer y bêl werthfawr hon, y trysor melyn, fy rhodd i ti.

Ac yn lle hynny, ar amrantiad, mae'r un fach wedi troi ei chefn, a'r bêl wedi gadael fy llaw.

Ai ara deg yn fy henaint – cymharol – neu yng ngafael dirgel y blodfresych ynof, ai dyna barodd ollwng y bêl yn rhy hwyr, ai dyna wnaeth i mi daro fy wyres ar gefn ei phen â phêl?

Fe drawais fy wyres ar gefn ei phen â phêl.

Neu a oedd yr alwad 'ie' yn mwydro fy meddwl, yn mydylu pethau digyswllt, yn pentyrru amser am yn ôl, yn dod â'r diwedd a'r ysfa cyn y diwedd i'r lawnt o flaen y tŷ gyda fy nheulu

a rhyw gythraul ynof yn deisyfu yn ysu iddi hithau hefyd gael, am fy mod yn ei charu, holl drysor y geiriau oll i'w chadw hi'n gyfan yn gyfoethog ymhell wedi i mi adael y lawnt a'r lle hwn

rhoi'r hon rwy'n ei charu i'r hon rwy'n ei charu.

Teflais y bêl, a chyn i mi sylweddoli ei bod hi wedi troi, fe'i trawodd hi, a chafwyd eiliad dawel o sylweddoliad cyn i'r beth fach ddechrau crio.

Rhuthrais i'w gwasgu ataf a llifodd ein dagrau gyda'n gilydd. Chwerthin a wnaeth Ioan a Maureen, a gafael yn y bêl, fel pe baen nhw'n gwybod, yn deall, fy mab, fy merch-yng-nghyfraith annwyl, a gosod eu breichiau am warrau'r ddau ohonom, Angharad a minnau, i lenwi'r patrwm, a'u chwerthin yn troi ein dagrau ni'n dau – Angharad a fi – yn chwerthin hefyd mewn dim.

"Wyt ti'n iawn?" hola ei thad.

"Ie," meddai'r fechan, yn dirnad yn dair.

Câi "ydw" ddod, neu câi beidio â dod.

Y cnawd dwyflwydd yn drech na'r mil a hanner y tu mewn i mi'n ddwfn, ddwfn dyfnach na'r celloedd blodeuog, yn ddyfnach na mi fy hun.

"Dim ond ishe rhoi'r bêl i ti oedd Taid," eglurodd ei thad yn dyner wrth ei ferch nad oedd yn deall.

Y bêl drom, mor drwm â'r haul.

*

Yn y car, lle rwyf i er gwaetha'r meddwl sy'n hedfan i bob man, try Ioan ataf gan wenu – fyddwn ni ddim yn hir. Mae ei lygaid yn poeni amdanaf a finnau'r tro hwn yn methu â'i gysuro drwy fychanu beth bynnag sy'n bod, fel y gwnes i dros yr holl flynyddoedd.

Alla i 'mo'i gysuro, ac mae e wedi derbyn hynny bellach.

Caf rywfaint. Beth yw ystyr amser nawr? O'u cwmni. Ac Angharad, tair… tair…

Sylwais i ddim arnom ni'n croesi'r ffin am fy mod i'n syllu ar yr awyr. Gorau oll efallai. Gallwn ofyn i Ioan fynd yn ôl, ond mae milltiroedd ers hynny nawr. Ni ddylid marcio'r marciau dyfnaf oll.

Mae'r machlud tu ôl i ni'n gyffredin nawr, wedi colli ei ryfeddod lliwgar, y cymylau'n llwyd yn lle pinc a'r ddaear yn wastad, unffurf, ddieithr. Mynd i mewn i'r tywyllwch ydyn ni.

Mae cofio diwrnod Angharad ar y lawnt a'r bêl wedi drysu rhywbeth y tu mewn i mi, mae poen, oes, poen oes, yn gwthio heibio ymylon y morffin, ond roedd 'na dawelwch nad yw yno'n awr.

Er bod yr haul wedi suddo bellach y tu ôl i mi, rwy'n dal i gofio'r bêl, yn methu llonyddu, yn methu dirnad. Beth sy'n fy anesmwytho, pam wyf i fel hyn?

Mae Ioan yn synhwyro rhywbeth ynof hefyd ac mae'n troi ei ben i edrych arna i'n sydyn. Mae e'n tynnu ei law oddi ar y gêr, yn ei gosod ar fy un innau, yn ei gwasgu, er ei fwyn ef ei hun, mi dybiaf, lawn cymaint ag er fy mwyn i.

Rwyf i am iddo'i gwasgu'n galed, er mwyn i mi allu gadael rhywbeth yn rhydd. Mae'n ei chadw yno, ei law ef yn dynn am fy un i am dipyn o amser gan ddal i syllu ar y ffordd o'i flaen. Gallaf ei synhwyro yn gorfodi ei hun i beidio ag ymollwng.

Ac erbyn i mi sylwi nad yw ei law yno mwyach, a'i bod hi'n ôl ar y llyw, gwelaf yn y drych ochr fod y dafn olaf o haul wedi diflannu o'r awyr.

Fe ddaw eto yfory.